叶德庆，现居上海。中国诗歌学会会员。2021年以来，新作刊发于《人民文学》《诗刊》《诗潮》《星星》《草堂》《山花》《延河》《绿风》《诗选刊》《诗歌月刊》《大家》《边疆文学》《广西文学》《天津文学》《青春》等报刊；2020年以来，出版诗集《天砖》《人间袈裟》《时间中的蓝色风景》等。曾获得郭小川诗歌奖。

人 间 论

叶德庆 著

云南出版集团 云南人民出版社

图书在版编目（CIP）数据

人间论 / 叶德庆著. -- 昆明：云南人民出版社，2022.7

ISBN 978-7-222-21067-7

Ⅰ. ①人… Ⅱ. ①叶… Ⅲ. ①诗集—中国—当代 Ⅳ. ①I227

中国版本图书馆CIP数据核字(2022)第106524号

责任编辑：梁明青
装帧设计：云南非鸟文化传播有限公司
责任校对：姚实名
责任印制：窦雪松

RENJIAN LUN
人间论
叶德庆　著

出　版　云南出版集团　云南人民出版社
发　行　云南人民出版社
社　址　昆明市环城西路609号
邮　编　650034
网　址　www.ynpph.com.cn
E-mail　ynrms@sina.com
开　本　720mm×1010mm　1/16
印　张　27
字　数　240千
版　次　2022年7月第1版第1次印刷
印　刷　云南荣德印务有限公司
书　号　ISBN 978-7-222-21067-7
定　价　98.00元

如需购买图书、反馈意见，请与我社联系
总编室：0871-64109126　发行部：0871-64108507　审校部：0871-64164626　印制部：0871-64191534

云南人民出版社微信公众号

词根下的漫记

——读叶德庆的诗集《人间论》（代序）

海　男

时间以《人间论》划破地平线，面对这部诗集，我竟然怀着好奇和耐心读了许多遍，这对于我的阅读是一个考验。叶德庆精选出了从 2019 年到 2021 年夏天的诗歌，两年多的时间，汇集了如此厚重的作品。在这之前，叶德庆告诉我，他已经中断了几十年的写作，为生存而奔波于各种版图。两年多以前，他突然回到了诗歌中，让我惊叹的是当他回来以后，写下的这本《人间论》，就像时间之舟，让我们去观看他回头远眺的历史以及远行的征途。

何谓诗人？就是在人世苍茫的宇宙之下看见了时空的转换之人，叶德庆的《人间论》就是一幕幕世态回首录，很难想象一个身材高大的男子，当他回过头去时，看见的就是从童年开始的时态。诗学的渊源就是我们的词根，每一个人的出生或成长史注定了我们要与此相遇。诗人回头时，首先要回到从家出发的地方。从诗学的意义上来说，家，从出生到成长的那个家，就是一个诗人最初的摇篮。那只荡于尘世之上的摇篮，看似微不足道，却让坐在摇篮中的孩子在前后左右的晃动中，感受到了不稳定中的惊奇和雀跃。这或许就是一只产生了诗歌的摇篮，在无数个春夏秋冬的四季变换中，这只摇晃过时空，一一从旧时影像中呈现的摇篮，像一只气球，又像一只燕窝，它们相互转换，终将成为诗人回忆的美学。

叶德庆回眸而返回了在那只摇篮中的生活，从这本诗集中的第一首诗歌开始，我读到了他细腻的描述，这本诗集所产生的美学格调，就像张开了翅膀的一次生命的飞翔。所谓图腾，就是找到了自己的羽毛，长出了自己的翅膀。《人间论》，就是敛集眼眸之下，驻守在诗人身体中的那些记忆。这些短诗，就像一架旧时的缝纫机，它需要针孔、脚踏板、剪刀……时间之诗是由无数沉积于过去时的细节构成的。

构图般的结构，让我们重新回到老家。对于诗人叶德庆来说，老家是由父或母的存在绘制的日常生活录。这本诗集的老家是《人间论》的第一主题，三分之一的诗歌记录了诗人与父母的关系，人出生以后，就面临着与日月星辰、大地万物建立层出不穷的关系，这是形而上的体系，而在另一个形而下的体系中，则是我们与芸芸众生的关系和厮守。叶德庆的诗歌看似随意，却是一个用心绘制的小世界，它更像木刻版画，有一种经过潮湿的热带雨林而沁人的味道，尽管叶德庆生于长江边，离热带雨林很遥远。而诗人的精神体系决定了他们会怎样去使用词语。返回老家的诗人，重温幼年的社会风尚，在每一首诗歌中都能触及生活的本质。所以，在这本书中，我看到了将近半个世纪的风物世态。诗人回到诗歌写作中以后，像是在整理老照片，又像是打开了一只黑檀香木的抽屉，我听见了诗人拉开抽屉的声音，里面有信笺、钢笔、针线盒……又像是让我们在夜幕之下看一场场露天电影。

叶德庆的诗歌都不长，他每天黎明早起，在窗外曙色未降临之前，写下一首诗。这已经是他近些年的日常生活方式之一。每天完成一首诗的习惯是他创造的一种生活的仪式。之后，他才让身心落地，去做另外的事情。那首诗或许是献给自己的礼物，或许是打开窗户，邮寄到云穹星际间的一封诗笺。只有完成一首诗以后，他的身体才能落地，这个习惯使他不间断地开始了诗歌创作，汇集成了这本像青砖一样厚重的作品。

词根，是一个诗人的立足之地，也是永久的家园。加斯东·巴什拉在《梦想的诗学》中说过："对宇宙的梦想使我们离开有谋划的梦想。对宇宙的梦想将我们放在一个天地中而不是一个社会里。对宇宙的梦想具有一种稳定性，一种宁静性。它有助于我们逃离时间。这样的梦想是一种状态。"叶德庆的诗歌由此开始了词根下的漫记，他喜欢独自驱车寻找地理和诗学融为一体的版图，这也是诗集《人间论》的第二个主题。诗人历经的每一片寸土都会成为被使用的词根，在这本诗歌集的大量语境之下，诗人是往前走的，人间烟火的局部却像一群迎风寻找花蕊的蜜蜂，当它们一旦发现了迎着翅膀而来的花地山冈，就会为之驻留。诗人是前行和驻留的神秘主义者，叶德庆的诗歌中有大片的未植入的旷野，面对辽阔无涯的内陆版图，他更愿意关注微小的元素。

叶德庆有天生的描述现实场景的能力，那些不经意的人间局部存在的时间，总会与他的眼神相遇。他善于捕捉生活的真相，并将其转换为诗歌。众生万物均有生命的位置，也有扑朔迷离的存在感。细读他的每一首诗歌，仿佛跟着诗人在回首和旅程中前行。词根带有幻想和现实的双重魔力，这是我在《人间论》中感受到的心灵史的融入或变幻。一个独特的诗人借用时间的飞逝，参与了每一个词根的奇妙变化，并控制好节奏，因为世界是混沌的，模糊的，经过诗人的演变，词根下的世界看似清晰了，而诗歌后面所隐藏的诗学却超越了时空。

词根之前是隐藏的，就像是所有生灵万物都被覆盖物语所掩饰，这也是人类精神体系中一种固有的无法改变的现象。人来了，天地造就了人类，同时造就了诗人的存在。倘若这个人间缺少诗人，那些被覆盖掩埋的词根将永不露面。所以，是诗人在探索着被尘埃、江流、海洋、森林、烟火所控制的词根，诗人的出现，将创造一个新的内陆。《人间论》是一本寻觅追溯古老渊源，而又荡漾尽世态万物历现在诗人眼前的、关于词根漫记的文本，虽然以诗歌的形式出现，但从头到尾，它都是一本词根之下的个人诗学漫记。诗人钟情于来自民间生活的每一个场景，一旦相遇，就像他亲手调配好了色彩，以内心的某种情绪准备好了画布。所有情绪对于诗人艺术家来说都是旅行，语言中的、身体中的、梦想中的、意念中的……

近年叶德庆来到了江南的一座叫锦溪的古镇住下来，这是他接近江南水乡的一种个人生活方式。从独自驱车到唐古拉山，许多年来，叶德庆骨子里一直携带着超越现实生活的叛逆感，很多时候他就像是一个少年，似乎还未完成青春的叛逆期。而当他沉静下来时，却天生具有在喧哗与躁动世态之外，重新面对自己在孤独中写作的能力。自从入住这座美丽的江南古镇以后，他的诗歌的语系中出现了江南的水城，岸上孤独栖息的水鸟，渔民们驻守的家园，庙宇的色空，香炉边的朝圣者……无限的悲悯从诗人内心上升。他是一个内心有神性驻守的诗人，遇庙宇必去朝拜，遇神灵必去相见。同时，他也是一个注重民间世态的诗人，他途经的田畦、运河边岸废弃的码头、湖边枯朽的木船，还有孤独的长旅中苍茫的雪川、宿居的客栈，都会成为他的诗歌。他也在转身后返回原乡的源头，那是他回家的路，一路上他总有深情的低诉，就像一管长号绵延于他出生以后的旧事，那些特定时代的环境，人们的价值观念，就像被他用回忆收集整理出的一本本旧相册。人都要返回老家，他写出了零零散散的片段，以此回首并怀念逝去的时光。除此之外，是他不断前行的旅途，一路上有风景，有地球人的生活，他带着理念、词根，还有纷繁的思绪，在辗转以后，面对的是寂静的守望。叶德庆的生活融入了他诗歌的体系，在词根的世界里，他习惯固守着日常的语态，但他不满足，总想逾越自我的常态，无论生活还是诗歌，对于他来说，是安居或逃离，在更多时间变幻的魔法面前，他最幸福或快乐的事情，是写出了一首趋近他美学的诗歌。一首诗的完成，可以让他安心地生活，安心地为生存而工作。

《人间论》无疑是汉语写作中最深厚辽阔的一部作品，每一首诗都记录了人间的众生万象，并以一个人的美学追索着独特的声音。《人间论》是时间的过往，是诗人内心的历史和时间汇集的记忆，是迎接未竟之旅的精神诗学符号。《人间论》，是一曲波澜起伏的长号，也是一部孤傲的诗歌漫记，同时也是二十一世纪滑过地平线的一道弧光，一道闪电式的警戒线，一次顿足和回首。纵横于此，我们的生命不过是一次短暂而永恒的《人间论》，就像时间往来，如天籁，缠绕不尽，终将成为你插上翅翼的回忆录。这是一个飞翔的时代，故以此《人间论》，穿越了人世间的时空。

叶德庆建立了词根下的漫记，这是属于他自己的宇宙万象。通过一次次的阅读，我分享着来自另一个诗人对于诗歌的挚爱。看似在热烈而明快的节奏之下，其实隐藏着的是诗人的孤独，诗人与生俱来携带的孤独，使其扑面而来的时间幻象，寄生于现实，又超出常规，去飞翔于尘埃之上的宇宙。叶德庆从幼年就拥有了一双翅膀，他既可以回到人间筑巢，也可以飞到天空中去生活。《人间论》是诗人在两年多的时空中，以诗歌的体系，建立在自己生命中的一道道飞逝的宇宙之光，它充满了幽暗的人世浮生者的挣扎，同时上升着诗人编织诗学时的一个庞大的心灵物语世界。在这个以碎片化建立地球档案的时代，《人间论》，归根结底，将是从此岸到彼岸的精神话语，建立起自己独特的诗歌体系；是诗人叶德庆的一个无限的梦想，深信汉语的词根下有他无可穷尽的地球密码，将历历呈现于未来的诗歌长卷中，而词根或漫记是他个人史中最为长久而独特的生活或写作。

他曾写道“只有风落在身上的时候，想起来身体曾经那么饱满……”诗歌的功能最终陪伴的就是一个诗人，不断历尽时间飞逝的灵魂伴侣。又想起了他曾写下的：

夜夜夜

多么美好的夜啊，月光在一杯酒中
荡漾。两颗星星宿在其中
被黑夜特赦的语言，换个流浪的地方

在最后，我想对诗人叶德庆说:你的诗就是你的画，就是你的身体，不安定的或寂静的诗。时间驻守你，而你同样将时间之诗绵延在岁月中。

目录

2019年作品

2020年作品

2021年作品

2019年作品

冬雪

我曾经梦中回到
小时候的雪地
那些在天上、空中漫漫起舞的雪
经过湖泊和芦苇荡
小心翼翼地落在烟火四周

那时候，一盏昏暗的路灯
可以从街头照亮至街尾

我趴在窗口，朝着玻璃呵一口气
父亲的身影从纷纷大雪中走过
我一直听着雪声
一直和父亲的鞋对话

而今天
再也不会有这样的味道
雪和人交织的情愫
那种久远，永远印在
我和父亲的生命中

刚才
我画在玻璃上的那张脸
开始流水了
泪一样的水

再也没有见过从前的雪

再也见不到父亲的雪中背影

那时候的雪啊

很大

很干净

2019.10.30

纸背

小时候，橡皮擦没有了
蘸点口水，抹去错别字
一抹，作业本破一个小洞
撕下作业本一角
粘一粒米饭，补在洞上
许多这样的补丁

渐渐长大，再也没有弄破纸背
也没有写出力透纸背的文字
直到有一天
写一份父亲的生平
我迟迟无法动笔
簌簌的泪水
滴在纸上
透过纸背

2019.12.2

梨

母亲说
梨不能分开吃
我从来是一个人吃一个梨

一直在经历分离
父亲去天堂时的分离
我从家里搬出来
和母亲分离
弟弟妹妹有自己的家了
手足分离
最后一次是和我的故乡分离
我拎着皮箱离开轮船码头
这一次，泪水和我分离

2019.11.28

见字如面

“儿，见字如面！”

这是父亲给我回信时永远的开头
第二句是春暖了，或者秋凉了
冬寒了，或者夏暑了
信里有我站在床头
父亲为我更衣

母亲的关节痛好一些
每一封信都夹着母亲的痛
妹妹、弟弟在读书

自从我离家
父亲把家搬到信里
信里住着一家人

每寄一封信
父亲少吃一个馒头
换一张八分钱的邮票

2019.12.29

秋阳

一缕秋阳与我有约
从南边窗口翻进来
把我新生的白发照亮

父亲也是早生华发
阳光也是从门槛上进来
从父亲的脚覆盖到白发

我依靠在沙发上
秋阳在后脑勺慢慢发热
父亲坐在一把竹椅上
把秋阳摇得吱吱呀呀

秋阳落山的时候
天气开始发冷
我喜欢在秋阳中读书
天色暗淡时俯身捡起秋阳
落在书房里的诗句

父亲习惯在饭桌上讲新闻
那张翻来覆去的报纸
一天就揉旧了
秋阳也是一天旧了

2019.10.29

父亲来了

我睡了

父亲来看看我

从天堂

拎着一轮月光来

看儿子

父亲摸过我的头

我开始入梦

开始聊斋

父亲陪我聊

父亲拎着的月光淡了

我叫父亲早点回去

天堂好远

父亲走了

父亲背弓如一轮明月

2019.11.15

报纸

至今家里到处是旧报纸
卷曲，捆扎，合订
父亲有读报的习惯
从头条读到中缝
一边读报，一边啜酒

父亲走了，带走了习惯
父亲住在一张报纸大小的地方
继续读报
每次去看父亲
都带上几张报纸
轻轻诵读，父亲甚是喜欢
斟满一杯老酒
压在报纸的一角

2019.11.27

归去来兮

临行时
母亲给我缝一袋家乡的泥土
一边缝口，一边流泪
布袋里淌着家乡的河水
不小心扎着手指
一滴殷红的血擦在布袋上
摁下一个母亲的手印
如我出生时留在背上的胎记
母亲说，布袋放在贴身的地方
晚上放在枕下，防止水土不服

每一次归来
我把布袋还给母亲
握一握，还有我的体温
掂一掂，拆开袋口
看见我在外漂泊的日子
一粒一粒地倒出泥土
翻开布袋，在膝下拍打两下
两道泥印
落在母亲的膝盖上
我把家乡的泥土还给母亲
一尘不少

2019.12.16

冬暖

轻轻推开房门
母亲蜷缩在被子里
知道是我回家
把被子往里挪一挪
留给我坐的地方焐暖和了

一截木炭在白白的炉灰中
忽明忽暗
散着余温

电视机里下着雪花
时而发出吱吱的声音
母亲一直不让换一台新的
每天摸索着遥控器
想找一个说话的人

母亲捏着我的手，说我长胖了
我说，头发和您一样，白了
少了
我知道说错了，又让母亲担心

炉灰中的那一截木炭忽地闪烁
我给母亲拢好被子
盖上大衣

今夜，我的大衣抱着母亲

暖和地睡一夜

2019.12.28

拉煤

父亲从工厂借回一辆三轮车
车上载着雪花
拉着我去买蜂窝煤
车上载着我和冬天

父亲往三轮车上装煤
一百零四个
一家人一个月的煤票
一百零四朵雪花

回家的路上
父亲推着三轮车的龙头
我推着三轮车的历史
爷俩推着一家人的生活
煤山上沾着白白的雪花
每过一块石板都像过一道山
父亲吃力地拉着一车蜂窝煤
拉着一百零四个太阳

2019.12.6

腊月

腊月是母亲的节日
大清早张罗腌腊肉
把一年的好日子腌在坛子里
等待盐化成水
开出点点白色的盐花
蜡梅绽开的时候
母亲找上铁丝
把腊肉的一头拴起来
举一根竹竿
挂在南面的屋檐下

那几口有些年数的钉子
把腊月挂在墙上
大太阳晒干
油滴滴的
剜一小块炒菜
有时蒸上一小碟
冒出一阵一阵腊月的香味

2019.12.16

雪人

我皱着眉头，雪站在眉头上
眯着鱼尾纹，雪钻在鱼尾纹里
甚至夹在双眼皮
在眼角又堆出一座长白山
轻轻一抖，长白山会从我身上掉下来么

有些鹅毛大雪是预约好的
塞进白桦树林
山村的门缝，大峡谷的石涧
我是不是那个千年的信使
扛着漫天的鸡毛信

那棵叫合欢树的枝干上挂满了雪
像挂在森林里的明信片
总是无法寄出

木屋前堆了一个雪人
没有眉目，围了一条红色的围巾
半尺深的雪，已经没有脚印
今夜，雪人无法回家

2019.11.3

我停留在一朵睡莲上

一只蜻蜓站在一朵睡莲上
阳光站在池塘中，凌波微步
我站在院子里，目睹宁静
这世界没有孤独
一切都有生命，和睦相处
寂寞是一件奢侈品
没有你不喜欢的人
或者，不喜欢你的人
有浮萍、须根和草
与莲花一起生长
蜻蜓一样呼吸
一个夏天，我没有读到哀伤
我读一朵睡莲，一只蜻蜓
一片阳光，一朵云

2019.10.15

铧尖村

铧犁走到这儿就停了
再往前走就是嘉峪关、明长城
走不过去，大雪纷飞
我来的地方是铧尖
雪落在铧尖上，真的好看
铧尖下那片若隐若现的是铧尖村

村边的胡杨、红柳、飞鸟还在
横跨冰河的木桥只剩下桥墩
上面站着雪
船泊在河面
彼岸有茅屋、炊烟

我贴着铧尖的雪去铧尖村
去见五户贫困的学生
突然找不到定位
剩下戈壁滩三个字

2019.12.17

老屋

老屋的栋梁是卯榫结构
岁月在里面越挤越紧

那年，上梁的时候来了许多男人
尊祖敬神、祭天拜地
粗粗的麻绳，有人提，有人拉
有人扯
充满人气

栋梁佑护着阁楼上的种子、稻草
有灵性的猫
天资聪颖的蜘蛛

撑着青瓦中的玻璃天窗
扛着屋檐下透风的缝隙
生活再挤也有阳光和透气的地方

堂屋是栋梁的天下
是不能住人的
不能被压着抬不起头
议大事的地方
住着财神

有时会有一根稻草从阁楼吹下来

捡到柴火堆上或灶膛里

祖上留下十二根柱子撑着的老屋

留下纹丝不动的栋梁

土砖和青瓦

补缺风蚀的日子

到处是烟火味

2019.12.27

康熙字典

我家唯一传承三代的实物
一本《康熙字典》

曾经是祖父私塾教书的工具
父亲教母亲识字的课本
我查繁体字的字典

我唱《对照歌》，滚瓜烂熟
至今没有学会四角查字法
每次查字，仿佛在解密
我解读不了
只能从头到尾对照

这本《康熙字典》
泛黄，烂边，黏纸
还有书虫的尿迹
7000 多个字
祖父带走一些
父亲又带走一些
剩下的我认识一半
一半不认识
认识的一半
如今跟着我背井离乡

2019.12.14

天边小学

山那边是山
云坐在山顶
天边小学坐落在云里
没有云高过旗杆
早上有嘹亮的小号
山里不缺木板
搭起粗糙的课桌
歪歪斜斜的板凳
孩子冻裂的手
冻伤的脸
冻干的鼻涕
瑟瑟发抖的天边小学
开始上课
一个老师
十几个孩子
从一年级教到六年级
从语文、数学教到体育
每年，有两三个孩子
下山读初中
剩下的就像天边的云
在山里一辈子

2019.12.16

莲蓬

好久没有这样亲近故乡
鼻尖贴在莲蓬上
水的鱼腥味还在
青草味留着
甚至能感受到荷花淡淡的香

那是我七岁暑假的时候
叔叔叫我站在河边
划着一条小船去采莲蓬
真的是一叶扁舟

刚才，千里之外寄来莲蓬
我使劲呼吸
过去的味道
剥了半个莲蓬皮戴在食指上
想起第一次是叔叔剥好给我戴上的

我沉浸在故乡的味道里
久久
呼吸着从故乡寄来的空气

2019.9.23

还乡

太阳还在山的被子里
温柔、细腻、甜香
渐渐鼓胀
每个凹凸的背后都是一轮火红的太阳
西边还有一轮未沉的月亮
鸦雀守候的树枝是必经的山口

没有文字的路牌可以亘古
一口深不见底的井
一棵扛着太阳自转的向日葵

风箱来回拉动千年的柴火
蹿出灶口的火星有点灵魂的样子
柴米油盐和蔬菜，成熟在每一个早晨

所有的出发都是归途
那年草根率领宗亲浩浩荡荡外出务工
一夜秋风，从砖缝中摸出钥匙
回到原来的日子

被子是一根长长的线缝起来的
连着被里被面
还乡的人是一枚行走的粗针

缝补着坑坑洼洼的乡道，连着山里山外

衣锦还乡也好，邋遢也罢

每一个外出的人

都是借出去的乡情

2019.12.10

老家的规矩

去嘉兴一定要选择这样的日子，烟雨蒙蒙
整个嘉兴都是南湖的烟雨楼

这天小雪，我去朋友家看望新生的婴儿
看望一朵逗人喜欢的杜鹃花

朋友是老乡，懂得老家的规矩
我没有上楼去看望婴儿，人到也就算见过

找了个临窗的地方，烟雨和湖水走来
叫一壶茶，上来一股江南的清香

朋友望着窗外的南湖
说，婴儿哭的时候一定是看见什么
晚上要拿着婴儿的衣服到门外叫婴儿回来
老家的方言是叫黑
朋友不知不觉中，讲了一个老家的规矩

起身时，烟雨正浓
我和朋友相互祝好
三步一回头
消失在老家的规矩里

2019.12.1

外婆

那年冬天的一个傍晚
外婆还是老样子，倚着朝北的门
看着北方，那里有一条进村的路
二十多年前，外公从这里外出

北边镶门的土墙快垮了
舅舅总是说，是外婆靠垮的
靠了二十多年

我是外婆带大的
冬天睡在外婆的脚头，给外婆暖脚
我偷看过一次外婆的三寸金莲

冬季，天黑得早
外婆点好煤油灯，扶灯打水
小脚一走一晃的
起初我以为是风吹动着灯

外婆从灶台走到睡觉的房间
舅舅又在吼："捻子挑小一点，费油。"
外婆的眼睛已经贴着煤油灯了

我和外婆共一盆水
脸盆是铁皮的

脚盆是木的

每次外婆洗完
我坐在矮木凳上洗脚
我看见外婆在一个脱皮的红色梳妆台前
照着半边麻麻点点的镜子
有时放下发髻
我的外婆是世界上最美的女人

舅舅又在外面喊：
“把灯吹了睡觉，费油”
外婆一声不吱
把煤油灯捻灭了

2019.11.1

古青灯

总以为古青灯将灭
守夜的僧人又在三更续上
600 年，周遭寂静
青蒲团，长跪而瘪
压过多少执念
谁的青丝落在佛前

盘缠的菩提树根
依依不舍的菩提树叶

手执经文
一袭袈裟在佛门前轻轻一掸
尘埃落定

我没有随袈裟而入
我在拆除身体中的废墟
木鱼响起
经声回音
袈裟扶灯挡风
也挡住了古青灯

2019.11.10

龙华寺镶着一片青瓦

那年的素菜包子特别香
“老干妈”是奢侈品
馒头和花卷有粮食的味道
藏在枕下的一百元大钞
像一封久未寄出的家书

我梦想去不远处的龙华寺
院墙内朝钟暮鼓

空腹一日正好是十元的门票
我顶礼，我仰望已久的
我膜拜，我相信的

那年，我捐了一笔巨款
200 元
僧人拎来一片青瓦
叫我送到修缮中的大殿
这片瓦将镶在大殿之上

我无数次梦见这片瓦
梦见瓦在打禅
听经
梦见雨敲着瓦响
瓦擦着风响

终于有一年大雪

青瓦白雪的两个世界

一只鹊在瓦上打坐

那年春天

一株小草在瓦缝中轮回

2019.11.21

道场

人和天经常只有三米的距离
卧室是道场
椅子
床
来回走动的书籍
都是道场

梦无杂念
睡，是卧佛立地前的道场

我在窗台种一盆文竹
生枝
长叶
开花
结果
文竹的道场只有巴掌大

钟在敲着木鱼
灯练着一指禅
墙围着四周打坐
窗和门是似曾相识的香客
互不打扰

我在卧室穿衣服
这人间的袈裟

2019.11.23

合掌

佛铃盛放，一阵一阵
木鱼的声音夹在我两手之间
膜拜至草蒲团
摊开双手
自下而上地触摸土地
腰椎弯曲至莲花底座

每当我看右边的弥勒佛
便生欢喜
但我必须经过左边的燃灯古佛
中间的释迦牟尼佛
经历过去的一些人和当下的一些事

我焚香三支
三请三礼
不敢为自己剃度持戒
因为回家，还要合掌母亲
一根头发
都是母亲心头的肉

2019.11.20

曹禺的书箱

想必这书箱的材质是上等的
没有裂纹，没有变形
盖子和箱体纹丝无缝
颜色老陈，已经没有檀香味了
原来过着上等人的生活
现在住在上等人的故居
我掂一掂，沉甸甸的
一套主人的长袍马褂
早已经裹不住当年的那个文学青年
一沓家喻户晓的书
《雷雨》《日出》
《女神》《呐喊》

书箱上糨糊的报纸，严严实实
糊住了什么
是先生走的那年的日期

2019.12.26

梁启超故居门口的石榴树

这棵石榴树等了先生许久
即使回了，也不认识
那年先生是化妆逃出北平的
去了天津站
结果从海河坐帆船去塘沽
上了大岛号
明修栈道，暗度陈仓

先生换洗的衣服没有带走
洗脸、漱口的没拿
和蔡锷将军密谋的书房，门虚掩着
石榴树以为开花的时候先生回来
秋天挂果的时候该回来了
整个冬天，石榴挂在树上
入夜，点一树红红的灯火
先生回来，习惯先看看这棵石榴树

2019.12.27

蒲团

在佛、菩萨、经幡之下
在红柱、莲花、功德箱之下
在门槛下
地上

来自稻和笋壳编织的蒲团
生长在庙堂的地上
饱满
离地三尺的膝盖
跪在蒲团上
上沾佛光，下接地气
跪下之前压弯的心事
站起来了

2019.12.27

1200 年的杏树

名副其实的黄袍
一直拖地八丈远
夕阳盘坐在树梢上
苍穹，浅江，帆船

一位少女举着一片杏叶
透视天空
世界金黄
一位本地的老妇拄着拐杖
依靠在栅栏边，瘪着嘴说
少女时在树下躲过迷藏

我来看看，听说很有灵性
1200 年前
古人来的时候
是不是温一壶好酒
浅江刚刚涨潮
白帆刚刚落岸
杏树刚刚种下
古人一边啜饮
一边吟诗

我空手而来，我没有长衫
不是公子

没有捡一片杏叶

我的书藏不下

1200 年

2019.12.15

明长城

一垛黄土，黄皮肤的黄
夹杂着碎石
更像一位青筋暴起的老汉
哪位大人遗失的一把铜钥匙

不不不，那是明长城
万里长城西端的起点
那个一夫当关、万夫莫开的壮汉
正和一位放羊的汉子聊天

去看塞北的风光
必定经过扎根在城墙上的那一把草
大将军在此提刀
亦在此歇戈
君不见，那城墙上的草啊
回望长安

2019.12.17

百合

每周从云南订一捧百合
仿佛从玉龙雪山上
剪一片五彩之云

每次，一个上海女孩签收
仿佛收到一座春城
看她插花
恨不得把自己和百合插在一起
看她修枝剪叶的样子
一缕刘海插在花里
如果没有这一缕刘海
我的百合是不是订少了
每次插花，她像捧着一束春天

2019.11.16

风

风是带着很多树叶
花草来的
住上一年，又走了
带着日月
住上一天一夜，走了
有时候，风就是来看看
在小巷子里转悠
在一张桌上把茶吹凉

我看到风的样子
一棵树，一座山，一片海
我在镜子里看见风的样子
鱼尾纹、白发、胡须
我放下镜子
风又跑到别人的眼睛里去了

2019.11.30

搁笔三次

我搁笔三次
第一次搁笔从军
处女作停在杂志上三年

第二次搁笔从商
诸多文字扔在各个角落
只有柏桦先生题写的四个字
一直带在身边
“逼良为商”

当我再次拾笔
刚刚写一个火字
纸就燃烧起来

2019.10.22

乞丐

一个乞丐走过来
像一片秋叶退到我的脚下

摸遍裤子口袋
包括从来没有问候的左边屁股口袋
确认，我身上只有一块硬币
这是经历过多少次洗衣机的浩劫
幸存下来的一块硬币

一个乞丐走了
拿着一块硬币
拿着我身上唯一的一块硬币
走了

2019.11.1

火柴

嚓的一声，作为邻居
火柴与火柴皮告别
有时候，在潮湿的天气
需要告别两三次

火柴与硫黄相生相克
相爱相杀
硝烟的味道
蓝色的火苗

我的火柴只做一件事
燃香
我用这种古老的方法
回到从前

在每天抹得放亮的古老佛龛上
火苗映在我眼睛里
我把已经佝偻的火柴安放在香炉中
香灰，一层一层地
覆盖在火柴的身体上

2019.11.17

惜墨

习惯在有格子的纸上写作
一块方格
植一个汉字
一张纸
一块田地

习惯在一张 A4 纸上写作
没有格子
一张纸就是一个格子
我的诗种在纸上
生根，发芽，成长
一棵树，有风
一座房子，有炊烟
有时麦浪滚滚
有时瘦成一朵孤云

我放纵等待已久的笔墨
狼毫拖着黑黑的尾巴
从笔座跑到空白的纸上
充满回到雪地的狼性

2019.11.25

麻雀

我应该是属鸟的
第十三生肖，麻雀

自由自在地生活五千年
我的国是一个农业大国
容得下我
容得下，因为养得活

孔雀进城
我以为我也可以进城
并和孔雀一起在院子里散步
被株连九族

那年饥荒
我偷了孔雀们锁着的粮食
原来属于我的粮食

二十年后，又是一条好汉
果然，重点保护野生动物的头衔
一夜之间，平反

蓝天阳光明媚
森林郁郁葱葱
我不是鹰、不是鹞

只在树上消灭蛀虫

这些让我蒙冤的虫

没有麻雀的山林，注定荒芜

2019.11.27

书房

书房，书住的地方
过去的书房，有书香气
如今没有芸香了
白居易是最后一任芸香吏
写诗去了

丢了芸香，书房里的虫子捉字
走一步，歇上几天，甚至几年
一身书卷气

只有一支书签弄得一身书生气
苍髯如戟
呆呆地守在《史记》中
等待我的拇指和食指翻篇
一翻千年

2019.12.19

丈夫

使出全身的解数
我只能走一丈远
草民一枚
只有走一丈远的能力
一丈远
一走就是一辈子

在一丈之内
种粮食、甘蔗和棉花
做一头牛，犁地、耙土
等着青草长起
三生万物的时候
不负老天赐我的一丈之地

每天傍晚
炊烟连天
从我的一丈之地升起

2019.11.30

古铜钱

一个天文数字藏在王濬灭吴的帐篷里
在那个叫道士袱的小镇

东汉、隋、唐、五代十国、北宋
辽、金、西夏
1400 年中国铜钱史
宋朝卫国公吕文德整整埋了三十年

明神宗朱翊钧叫人挖了一锄头，捡走一座金窖
成就明朝最长的年号
明崇祯派人挖一个坑，拉走一窖铜钱
方中丈余皆满
救不了一统天下的最后一个王朝

奈何不了贪腐的乾隆手下
月黑风高，挖地三尺
从头至尾挖穿千年古镇
养活半个清朝

那年中秋，日寇海、陆、空袭

从民国手里，抢走满满一船铜钱

抢走大中国十几个朝代家底

一千四百年铜币历史

有没有人说一句

孔方兄

对不起

2019.12.24

老街

木屋从地下长出来
小二抽开门板
剥老笋一样
靠在巷口灰黄的墙边
像一堆厚厚的笋皮

南北走向
飞檐翘角
是千年未飞的鸟

一根棍子
支起二楼的木窗
楼下打糍粑的男人
总是打一下
朝楼上瞟一眼
一直到糍粑熟了
捣棒歇了
才听到二楼有人说话
“送二两糍粑上来”
那声音比糍粑还黏人

旁边那条叫檀园的巷子
十分安静
檀口香腮

推开木门

木板在木槽中扭动

发出乌鸦般兴奋的叫声

我退回

又陷入寂静

檀园好深

2019.11.21

头像

满眼睛的忧郁
还要微笑面对
想起清澈的井水
井底是蓝天，白云
有雀和雁飞过
静静的
有鱼儿和虾游泳

我俯身
像草覆盖在井口
那些波光粼粼的
忧郁从手指之间
肩膀与思想之间向外张望

井中，那棵扼腕沉思的树
满树摇曳的叶
被秋天染过
树潜入井底
井又把树藏在天空

2019.11.17

暖车

暖车的时候，我翻一页宋词
宋词里也有立冬
一半青黄一半霜
梅香也在半空

引擎盖上的红叶，微微颤动
一片霜白，点点如雪

这是不是宋词里的立冬

一只候鸟，歇在车前的林子里
是落单，还是受伤
知不知道今日立冬

暖车的时候，我读了几首宋词
词人们早知道今天也会立冬
篝炉炭、布棉被
把陆游夹在书页里
如一缕卧在副驾上的冬阳

2019.11.8

我们在一起是有原因的

我们在一起是有原因的，佛说是因果
我神游远方，或者扼腕沉思，发呆
你都能猜出我的心事
我的雅和俗，装在你的眼眶里
都是一幅名著
我宁静，你在五界之外，看我
我暴跳如雷和冷若冰霜，装在你的一滴眼泪里

在雪山上，你能看见我是鹅毛大雪中的那一片雪花
我的清澈不是湍流，但刚好淌过石板上的苔藓
在古老的镇上，错落有致的白墙黑瓦
你知道我构思中的平平仄仄以及韵律
天边飘过金桂或蜡梅之香
你知道来自那一棵树
你常常抱着一束百合从大街上走过
与百合说我正在出差回来的路上

我们在一起，拾级而上的是岁月的台阶
洒落时光的风霜雪雨
搀扶如彼此的拐杖
盛开与凋零，繁华与枯萎，苍穹与夹缝
别人难以启齿的贫穷常常挂在我们的嘴边
不易察觉的眼角，存放着过去的不堪回首
经过两条小船，船帮上挂着轮胎

碰碰撞撞，又紧挨在一起
我走出你的视线就一定住在你安排的客栈
天上的雨知道我的双肩包里有你偷偷塞进的伞
我走在秋风中，雪地里，以为浓墨重彩
其实都是你一笔勾勒的素描，轻描淡写
你将一方藏品放在我贴身的地方
如私印一枚，宣誓你的主权

我们在一起是有原因的，我们跪过观音
沾在我们额头皱纹上的圣水
已经生出莲花

2019.11.9

寺庙前的三只麻雀

吱
寺庙门开，我去敬头香
三只麻雀，在寺庙前
观自在

麻雀吃素
院墙外化缘谷子
归来。比尘世早起
麻雀不会走路，只会跳
所以总是比追赶它的人快一些
扫地僧只扫落叶
不打扰麻雀
僧袍和麻雀的颜色一样
走路也没有声音
我学不会

麻雀和扫地僧刚刚经过的莲花
可否借我一步

2019.12.4

2020年作品

错币

一枚铜币随身多年
母亲说，那是做人的道理
外圆内方

我去了一趟外滩，过去的租界
街边的欧式建筑
以前都是外国银行
门前清一色顶天立地的圆柱
后面方形的门
李鸿章的“轮船招商总局”
也是外圆内方

他们都是对的
母亲更是对的
我错了
是我错了
我是一枚错币
因为我外方内圆

2020.1.2

落春

春水已经到达空气中，干燥变得潮湿
鸟儿细小的手指抓住落在秃枝上的柔弱春光
本来有一些春雨相约，被拦在路口
说好的春风拴在一棵柳树上，不肯放行
回不去的家乡应该有许多麻雀落在田埂
一头老牛和农夫在炊烟和雾气中扶犁耕耘
一条小路沿着湖泊兜一个大圈去了小树林
一叶扁舟搁在岸边
盘在船头绳子上的霜白渐渐褪去
扛走的木桨在屋檐下张望着湖水
吸一支烟的工夫太阳挤出藏在草垛里的潮气
望了又望的大雁应该不太遥远
每年经过这里都是正午时分
晒谷场上、麦堆旁、稻田里
应该还有一些丢失的稻谷
湖水中的小鱼没有经验，很容易捕食
大雁来的时候惊起整个春天
像一张纸条留在湖水中，慢慢揉皱
等太阳把南面的土砖墙烘热，村里的人围在一起
织毛衣、嗑瓜子、小孩捉迷藏
还有那一串一串挂在墙头的腊肉、熏鱼
让走亲戚的人啧啧称赞，村子富了，来的人多了
一个洞庭湖边的自然村，都是一个姓

农闲的日子抱着膀子，在村头摇晃着春天

落春，是一句俗语，春天来了

2020.1.5

幽居

京城的雪刚走，我来幽居数日
竹子很瘦，梅开得很慢
喜鹊在柿子树上轻轻地剥着柿子
竹园安静，几个朝代的主人也是爱清静的人

池塘里有薄冰，终日流水
主人也是换了又换

我幽居在此，深居简出
有知己来洗尘，也有一次去拜访三五好友
算是入局了，饭局
竹园很深，那些锁着的门都有自己的心事
我想与一只同居的猫聊聊，始终无法接近
找不到说话的人，反复刷牙
和镜子里的那个人同床三天三夜

读书至一更，又五更起床耕字
把幽居的日子一个圈一个圈地画在白皮松上
灵魂比我更晚归来，更早出门
从钟楼、鼓楼，经后海，去故宫，每天往返
原来不是幽居在竹园
一头在北平，一头在紫禁城

2020.1.13

大寒

大寒到底是个人？还是个物？或者是一件事
我数着日子，大寒到来，不以天数计算
以小时期许。已经可以看见大寒站在那儿
像一个人，等着时间经过
又像一个物，杵在那儿
穿着厚厚的冬天，不能动弹
唯一的温度是零下没有刻度的地方
大寒是一件大事
去南方过冬的行程推迟又推迟
膝盖顶着大寒发出咯噔的痛叫

在大寒中寻找大寒的作品，蜡梅，杜鹃
滑冰。烤一只全羊，热酒
让雪水在松枝上沸腾起来
大寒和我一样，个性鲜明，爱憎也分明
相信风寒咳嗽，不信任天气预报
嗓子疼痛，咽炎，比天气预报的温度更加准确
雕刻一盆水仙花置于窗前
水仙负冰
今年大寒，没有开花，大寒

大寒是一座伤透了心的冰雕
落泪，大雨顺着肩膀淌下

那都是大寒以后的事

因为立春，大寒被第一声春雷炸开

2020.1.16

天空之城

虚无 1

天空是一只大鸟笼
白天让鸟儿飞
晚上给鸟笼罩上一块黑布

虚无 2

无数的树枝往天空上爬
一年爬上去一点点
有的树爬了一千年
老了，爬不动了

虚无 3

云在天空中擦着
然后拧一把雨下来
有时候像碰破了一只玻璃杯
雷电交加
倾盆大雨

虚无 4

一只羽毛球在空中飞来飞去
那只拔了羽翼的鸟再也飞不起来了

虚无 5

吹肥皂泡泡的时候
不知道还有肥皂剧
一集一集的电视剧
真的像小时候吹过的肥皂泡
破了一个又吹出来一个
没有一个飞上天空

虚无 6

一个废弃的塑料袋飞上天空
飞得再高
也是塑料袋

2020.2.27

过早

在火车上睡一觉
天刚刚亮，到汉口站
空气中有热干面的味道
路边的早点店已经开门

稍走几步，到新华路
叫一碗热干面
一碗米酒，一块豆皮
开始幸福生活

一边吃，一边看
左边的锅盔
右边的面窝
端着热干面往嘴里赶
沿街都是熟悉的早点
麻团、苕面窝、欢喜坨
糯米鸡、糯米包油条

我习惯这样的早餐
叫一声，过早

2020.1.30

院子

今年，许多花来不及阅读
许多春水无人从枝头摇落
太阳椅空着
晾衣服的麻绳从这棵树扯到那棵树
松了，瘦了，发白了

周围的栅栏杵在那儿
门栏虚掩
秋千上的积水没有人擦
一条极细的鱼在半倒的水缸里
一动不动。真的不知道从哪里来的
结冰的日子怎么活过来的

草丛中长出了一些野荠菜
收拾院子的锄头、铁锹趴在墙角
尚未亲近今年的春水

2020.2.27

水

我抿着家乡流过来的水
流了八百公里
在我桌上只剩下一壶
使我想起荡漾的洞庭湖

凝视着思念如何沸腾
升腾的热气中，无可替代的乡味
这是家乡的山涧、溪流、小河
汇聚而来
可能有一场早春的雨，早春的新芽
有麦苗的清新、水田的地气
一定在田埂歇过
泡过许多不知名的草根
治疗我在异乡的水土不服

慢慢抿水，那些藏在身体里的心事
统统被家乡的水问候一遍
温暖一遍

2020.1.25

喜鹊

喜鹊回来了，一对一对
在村头的树枝上追逐
蹲在高压线上，王和王后的样子

喜鹊带来的总是好消息
花开了，草绿了
柳芽鹅黄，鲫鱼子胀

喜鹊的窝是浪漫的民宿
有爱情、婚姻、孩子
有星光，月光，风霜冷暖

村里有人掏过一次喜鹊的窝
被蛇咬了。蛇一直觊觎喜鹊的蛋

喜鹊回来的时候，左眼跳得厉害
总是有些好消息

2020.1.11

翻田

树梢上的鸟巢从来没有竣工
里面有嗷嗷待哺的雏鸦
成年的鸦雀轮流上下
叼走土地里拱出来晒太阳的
蚯蚓
昆虫

一群麻雀俯冲而下
在新翻的泥田寻找遗漏的谷粒
又集体去打谷场
在干燥的裂土上擦嘴

一片冬闲的稻田
一位老农扶着犁铧
冬日里翻田
翻箱倒柜地给鸟儿找吃的

2020.1.3

声音

伸懒腰的时候除了骨头咯咯地响
床也在嘎嘎地响
晒太阳的时候
竹椅上铺着一块旧棉垫
依然吱吖吱吖地响
仰望屋顶，有人捡瓦
咯噔一声，红瓦落槽的声音

收拾碗筷的声音，是烟火的声音
噼里啪啦，声音中有香味
从饥肠辘辘到一声饱嗝

雨水还远
一队蝼蚁在搬家
人类没有听见他们的号子声
天空有雁，云低时雁过留声
呱呱，呱呱
不知道人过留名是什么声音
有没有人听见过一粒尘埃的声音

2020.3.5

金属的声音（组诗）

1. 炼钢

一炉滚烫的钢水
是古矿冶浑身肌肉鼓胀的铁矿石
是比黄金昂贵的铁合金
炼就一炉钢水
炉前工炼钢帽檐下的蓝色镜片里
钢水在静静地流淌
百炼成钢
溅起的钢花
在读《钢铁是怎样炼成的》

2. 铸锭

钢流滚滚，注入钢锭模
铸锭
从流体氧化成固体
火红的钢锭
在钢锭模中沉思
真空杂质和气泡
铸锭是钢铁的成人礼

3. 锻造

钢锭渴望自由
从钢锭模中挣脱出来
比姚明更大的吨位
遇到奥尼尔这样的对手
钢锭第一次上场
被巨大的锻锤
结结实实地盖帽
在球场一样大的锻床上
每一注钢锭
百炼千锤之后
成为钢坯

4. 磨钢

在磨钢车间，锤炼之后的钢坯
接受磨炼
毛坯，粗坯，细坯
裂纹、断面、尾部的鱼尾纹
在一排排的砂轮机下
站队磨炼
工作帽下，严严实实的口罩
只有那一双双警惕的眼睛
在飞溅的钢花中
搜索钢坯上的瑕疵
毫不客气地磨去

5. 轧钢

冷冰冰、硬邦邦的钢坯
在轧钢加热炉里找到了温暖
兴高采烈地跑到轧辊上
在轧机上柔情万种
变成圆的、方的、扁的
控制室里的女操作员
是接生的护士
刚刚轧出的型材放在吊篮里
轧机是一个偌大的产房

6. 热处理

从退火炉出来
去掉了钢的致命缺点
脆弱
下一站的考验更加严峻
刺鼻的硫酸味
巨大的硫酸池冒着白烟
钢管、钢条、方钢
经历去腐的痛苦
清水冲洗之后
呈现在整理架上
在女工的油刷下闪闪发亮

上海站

长袍马褂西装革履旗袍
春雨中油布伞下的瘦人

那时候那地方原来叫作月台
是月亮等待故人归来的地方

车厢与站台的连接处少了一块木板
少了接站的旧人，也少了一些期许

车走了，人走了，空空的上海站
一段铁轨上的春水在岔道口揖别
一段春风在靠近蓄满等待的站台

2020.2.12

拂尘

邮政大臣盛宣怀的府邸
门上的铜狮威武
来者两袖拂尘
清风徐徐
慈禧太后的太监来此拂尘
李鸿章的大臣来此拂尘
不知侍卫来此是否拂尘
秘书是要拂尘的

刚才，一帮扛水泥的短工
满身泥灰走到门口
一个接着一个地两袖拂尘

2020.1.11

鼓楼的鼓

多大一头牛，有这么大一张牛皮
做这么大一面鼓
多大的胸怀
击鼓声响遍天下

这么好的牛皮做鼓
是有灵魂的
从一更到五更
每次击鼓都有不同的含义
响鼓不用重槌

天冷了，牛皮等着击鼓的人
会不会冷
好久不击鼓
再击鼓时，那头牛会不会痛

2020.1.13

天砖

那年朝廷修长城
建嘉峪关
找到一位叫易开占的修关工匠
精通九九算法
说嘉峪关
九万九千九百九十九块砖
那年代，说错了
欺君之罪，不得了
建好嘉峪关
多出一块砖
朝廷果然问罪
易开占曰
那块砖是神仙所放
定城砖
如果搬动，城楼便会倒塌
满朝文武百官听后哑口无言

那块砖搁置至今
有些事只能用神灵解决

2020.1.18

自由

整整二十四个小时没有出门
门是虚掩的
财神爷可以自由出入
可以坐一会儿
聊一会儿
告诉我庚子年挣钱的方位
财神爷很忙
我不敢久留
但饭菜总是备好的
窗一直留着一条缝
有翅膀的东西都有灵性
需要自由飞翔
所有与我相处的生命
魂灵
都是自由的
缘分
不勉强
明天太难预料

2020.1.25

故纸

在一堆风里，一捆故纸开始知天命
纸上的故事
不再揭开
揭过几次，碎过几次
算了

风和纸捆在一起这么多年
风比纸厚
纸比风瘦
夜深人静，经常听见风和纸的咳嗽声

故纸里的年月日
被一根麻绳扎着
拧成了花

2020.1.7

门前威风

桥下，一家卖旧货的
门口摆着几个石狮子
有的蹲着，有的倒在斜坡上
有的狮子老了，有的幼小
都被铁链拴着
像一群古代流放的人
累极了，倒在桥下
至今没有卸下枷锁
完全没有了过去威武的样子

卖旧货的老板脸色阴森
一说到石狮子的价格
恐怕比活狮子还贵
那头用粗铁链绑着的狮子
说是从湖里打捞起来的
京城来的船在古运河上翻了
船上的石狮子有灵气
逃命到湖边的芦苇荡
一千多年后，被打鱼的人发现
卖旧货的人买了两包烟
送给打鱼的，把这头老狮子
捉回来了

一群狮子啊

风餐露宿，不生病
一直在等待，哪个有钱人家
领养回去，摆在院子门口
继续威风

2020.1.23

十眼桥观日出

十眼桥是明朝的
连接古镇那头的九个桥孔平铺直叙
镇上的人简单
第十个桥孔是拱形的
把古镇和渔村分成两个意识形态

大冷的日子
一群娇惯的人在十眼桥上观日出
说明娇惯也是分时间、地点、背景的
人物不变

太阳升起来
一群人唠唠叨叨、交头接耳

十眼桥是明朝的
太阳没有朝代，亘古不灭
一群看日出的人，突然欢呼雀跃
“看呀，日头那边划出一条船”

太阳升起一竹竿的时候
人们陆续散去
打鱼的人憋着尿急
还没有等人走远

背对十眼桥，面朝霞光万丈的湖水

一顿小解

2020.1.18

黑影

铺满白雪的山路，已经不知深浅
不易察觉的三道车辙，又洒满薄雪
这样的雪天，不是老山民
没有这个胆量
开着小三轮进山

中午的时候，一个黑点
在洁白的雪山上摇摇晃晃
时隐时现
直到从最后一道山梁翻过来
才看到一堆移动的黑影
到了山脚下
估摸是早上进山的小三轮
窝在一大车胳膊粗的杂树干里
再近一点，看见一朵红色在摇动
像风中的人参花
是老铁带着裹着红头巾的媳妇进山
砍过冬的柴火
老铁的媳妇漂亮
村里人叫她人参花
老铁走到哪里都带在一起

苦啊，山里人，今年的雪被太薄

人参冻死许多，没有收入

零下三十度，上山砍一车柴火

过冬

2020.1.4

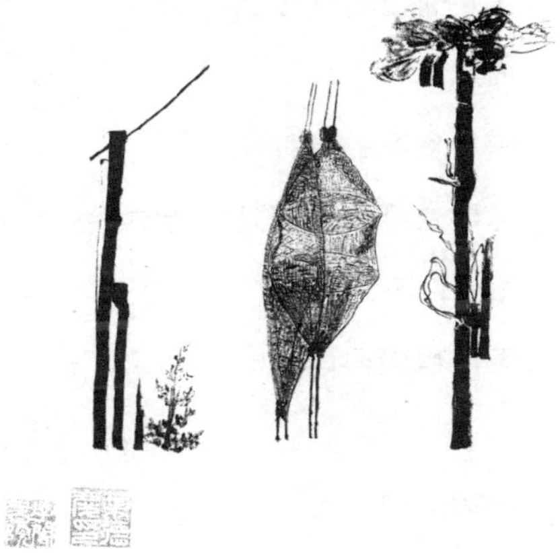

宋庄，米娜餐厅的聋哑人

米娜餐厅的聋哑人，面无表情
语言都在指尖上
驻唱的歌手表情丰富
不说话的时候脸上的肌肉松弛
一个人一桌、两个人一桌
三个人一桌、四个人一桌
八个人一桌、十个人一桌
拼起来的是二十个人一桌
一个肥胖的光头男人在录视频
镜头几乎贴着歌手的脸
后面所有的人只能看见光头和硕大的臀部
一个穿红衣服的女孩青春过剩
马尾扎成洋葱，一个人跳迪斯科
整个红上衣在朝着吃饭的人颤动
米娜餐厅的聋哑人在上菜
面无表情
满足食客的各种要求
这群聋哑人懂得这个世界
不听，不说
表情也懒得培养

2020.1.12

长江口那些事

1. 朽木

江口有一段朽木
和庙里的大鼓一样粗
如果竖起来，正好是一柱擎天
涨潮时搁在浅水里
汐落后扔在月光中
上游漂下来的一棵百年大树
枝叶都给时间了
树干还得老朽一百年

2. 芦苇荡

长江口的芦苇荡
一定是从我的家乡搬过来的
横竖撇捺，长势也平平仄仄
出水的时候，三三两两的游牧民族
长大了一片一片的，占滩为王
在沙土的狭窄地带
和人类保持一块湿地或浅水的距离
那些蚯蚓和稚嫩的江蟹
是不是我的家乡带过来的
那些白鹭、大雁的羽毛挂在芦苇叶上
那些海鸥也常常来芦苇荡觅食

万物生长啊靠太阳
芦苇荡早晨的阳光和黄昏的夕阳
还有多少没有被来来往往的人捡走

3. 断掌

极目处是长江入海口
一根白白点点的阳线

对照我的断掌纹，完全相同地连成一线
我下意识收拢拳头
断掌纹中的水更加湍急

想起家乡万顷湖泊与千里长江的交汇处
也是这样纠集在一起
我的手掬着一湖清水

4. 崇明岛

离开陆地多少万年，科学计算你五十年后返回陆地
我的家乡中原冲击下来的泥沙一直与你情同手足

有记载你是一千三百年前从海里站起来的
县志上说一对中原夫妻顺流而下，在此打鱼为生
繁殖一个鱼米之乡

其实你有兄弟四个,《大清一统舆图》说

库页岛，台湾岛，海南岛，崇明岛

那年太穷，老大至今流落他乡

2020.2.16

雨水

雨水，两手空空地来了
有一些事，不能翻老皇历
我站在一棵柳树下，今春还没有发芽

许多花会晚一些开放
开放的玫瑰因为无人需要
已经让花农血本无归
蜂农因为不能转场
和他心爱的蜂一起被农药了

润物细无声。杜甫说雨水很细
明朝诗人解缙说，春雨贵如油
诗是好诗，人是好人
写的都不是庚子年

我还是抱着皇历在寻找蛛丝马迹
找一些适合雨水这一天做的事
小桥下还有流水，还有人家
江城的断肠人还在天涯
生活还要继续

2020.2.19

我种的油菜花

窗下的油菜花开了，和往年一样，瘦
这油菜是我种的，每年把油菜籽用旧报纸包起来
不多。
记得最好的一年生长了八棵，有一年三棵
没有荒年。
这么多年，我种的油菜都是一个品种下来的
越来越瘦
越瘦越高。有蜜蜂来采花，有时玩一会儿就走
我惊讶蜂怎么愿意涉足我苦命的油菜花
我的油菜籽不榨油。无油可榨
我都是用报纸包好，塞在墙檐中
虫吃一半，另一半我再种到窗下
明年的油菜花依然开放，不知道几棵

2020.3.3

迎宾词

门环上缠绕着红色的空间护法神
和象征大地的黄色

院子虽小，有私人空间
甚好
地更少，不足半分
种瓜得瓜，种豆得豆
足矣

犹豫再三
请把大将军挂在铁栓上
欢迎来来往往的君子
和而不同

2020.6.3

子闻书院

我称书院的大木门为山门，虚掩着，等君子叩问
短暂的青砖路长满青苔，我穿着薄长衫，引领三两步
风水轮很久不转了，没有水。浮萍还在，那就再生长一会儿

书院寂静。满书架的书都是人物，在这儿虚度
有些人物的书我用三米高的木梯爬上去
基本不爬了。书院里供养着几千个灵魂
走的走了，留下来的我每天燃灯、烧香、念经
任意捧读一本灵魂，都会归还原位

书院是虚设的天堂
木质的阶梯与布鞋之间有寥寥数语
又是一年的梅雨季节，踢脚线又掉了几块
蜘蛛在墙角搭了一间小房，斑驳的地方泛黄
江南烟雨，在外面是诗，在屋子里潮湿

2020.6.27

我在锦溪

古锦溪有桥，三十六座
我只需要一座，渡己
古人宽容，留下二十六座
渡天下人

古锦溪有窑，七十二座
炼不出金丹，至今余十五座
窑火不灭
我只能烧砖瓦，做房子
住长生不老的人

我在锦溪
挪步三丈
是文昌阁，供文曲星
再挪步一丈，莲池禅院
入夜升一轮明月
古莲与长堤，天上人间

水中有舟，有渔歌
我在锦溪
借水岸，把酒
借野生小鱼、小虾
水榭有芍药，助兴

2020.4.25

仿古

我买了两把椅子和一张茶几
仿明清的。扶手向外，挺包容
本来仿宋的，宋朝之后，再无宋朝
不仿了

中间的茶几不大，正好搁置一盆养了二十年的文竹
仔细擦拭，发现左边一把椅子的扶手有裂纹
像没有交代清楚的明清两代

反正我坐右边的那把椅子
左边那把椅子再摇几下就裂开了
打电话给卖椅子的人
说是寄材料来补一补，坐几年没有问题

2020.6.26

玉兰赋

我一直以为红花配绿叶，或者绿叶衬红花

有一朵玉兰今天生日，我才知道
玉兰花先开，凋谢完了，绿叶才开始抽芽
就像这个人先于上海，我投奔此人

生日有宴，玉兰频频举杯
玉兰白时举杯白酒，玉兰红时，杯中酒红
杯中有语，吴侬软语
语中有腔调，越剧、沪剧
我分不清男声女声，分不清男生女生
就叫白玉兰、红玉兰

玉兰不紧不慢，不慌不忙
白玉兰像白烛，红玉兰像红烛，燃在三月
世界如果没有花，多么黑暗

因为今天生日，玉兰早晨去浦江边练嗓子
吊起一江春水

2020.3.30

杏花辞

一场夜雨，湿透杏树
像一个男孩终于打动了一个女孩

一树杏花开了，漫山遍野的杏花开了
一代人到了恋爱的季节

有风没风，杏花都会缤纷，铺在地上
名字叫花雨，杏树下的泥很香

不要抚摸杏花，那上面有泪，有心事
不要摇杏树，会哭得稀里哗啦

2020.3.30

想母亲

谁家的婴儿在啼哭，哭哭停停，断奶的节奏

我半夜醒来，想母亲。听说，我是米汤喂养的
开始的时候，使出吃奶的力气，拒绝米汤
后来饿了，接受了米汤
像不像今夜啼哭的婴儿

想母亲，从吃奶开始，后来吃米粉
一勺一勺地吹凉，一口一口地喂
胸口有一个围兜

听母亲说，晚上睡觉的时候
一只手搭在母亲身上，稍稍挪开
马上啼哭

很多年没有听见婴儿的哭声
半夜三更，谁家的婴儿在啼哭
闹得我想母亲

2020.4.7

远近

仔细打量桥下的粉墙黛瓦
说是桥下
青色的桥和翘角楼齐眉

窗口很小，窄窄的窗台
放下一尺阳光
一盆月季
伸向空间
花香落在窗下

远看古色古香
阳光明媚

墙灰已经脱落
布瓦生满苔藓
一盏煤油灯挂在梁柱上
细腰大肚，一张蛤蟆大嘴
调整灯芯的旋钮锈迹斑斑
蜘蛛网一样的电线
有电表在一旁转动

邻里太亲，瘦了小巷

古树太老，冠盖码头

江南的雨实在太多

洗薄了石板

2020.4.27

抱山书院

天抱着云借住在半山
木屋抱着山崖隐居在溪边
溪水从云缝中挤出声来

一株刚刚采回的兰草倚窗怀谷
一只蝴蝶趴在廊道的木墙上倾听

雾推开虚掩的门
三五读书人合卷还原
起身下山
山雨欲来

2020.6.12

竹林音乐厅

今天有朋友去竹林
准备盖音乐厅
有顶有舞台
四周无遮无拦
一轮明月可以从音乐厅的
东边到西边
附近有寺，有放生池
高山真的有流水
第一个把这个消息
告诉远在天边的我
算不算知音
看到朋友发在朋友圈的竹林
足足一千亩的孤独

2020.6.4

两朵荷花

一家素衣馆的窗下
一朵荷花含苞
已经三天
不肯开放

三场夏雨
三丈湖风
没有催开

素衣馆的江南布衣
没有开张
布衣上的一朵荷花
开了

2020.5.8

不鸣

找一块石头坐下
就像这块石头坐在山里

每一块石头上都有风和水
风和水刻的字
风和水的读音

鞋底的钉磨光了
石头已经没有棱角

石头不鸣
敲石头的时候
满山的石头都有回响

2020.4.22

鸟鸣

百鸟在老树林晨练
练嗓子，拉着嗓门
清唱

百鸟，一种鸟穿一种演出服
一种鸟模仿一种声音
一种鸟停在一种高度的树枝

百鸟争鸣，仔细分辨
其实是两三种鸟
其他的鸟都是模仿

2020.5.27

鸽子花

一群鸽子落在珙桐树上
不走了
年年四月、五月
珙桐树开满鸽子花
和树下的村寨一样
叫珙桐群落
以鸽子花开为信号
人类开始耕种
鸽子花的花期很短
因为鸽子花是信使
从利川、神农架
到万县，荥经
再到贵州梵净山
转世之后
云游武陵源、天门山
五月，鸽子花落在庙前
僧人收养的白色的鸽子
有鸽子花的地方有寺庙
不开花的季节
珙桐树闭关修行

2020.4.29

蓝色雨

河边的客栈功放着各种揽客的音乐
只有你将一把吉他
挂在木柱上
吉他弹不出河流的蓝色

整个小镇只有一架斯坦威钢琴
在你客栈
与河流相望
天空下蓝色雨的时候
河流的水是蓝色的
琴声响起

2020.5.16

谒屈原

玉笥山的夏雨飘摇
屈原拂尘袍袖
不再等楚襄王

山里还是有冤魂的
又有石碑从地里冒出来
秦军已经破楚
蓑草棚、饮马塘
这些故乡的情结何用
下山的青石踩断了

雨越下越大
汨罗江翻出水泡
屈原泅渡去了楚国

2020.5.26

顾村的樱花

顾村的樱花
是上海老阿姨三月的话题
仿佛经过她们的点化
那些沾雨的花儿转世得更快
所有的花，人们在看花蕾如何绽放
唯有樱花，人们一边祈祷花开
一边祈祷花落
千瓣万瓣，经不起扶摇
落英缤纷
满足人类另一种心理

2020.3.21

燃灯

时辰到了。我用火柴点燃一盏油灯
喜欢听见火柴嚓的一声响
喜欢那么一点点硫黄味
橘红的火苗与油捻子发出吱吱的声音

我用燃烧的这盏灯点燃另一盏灯
两盏灯都在我的眼睛里

开始在蒲团上打坐
我知道需要五个小时，油灯燃尽
不能离开人，空腹祈祷
有人推门，有一阵风
两盏油灯在我的眼睛里惊慌失措

不懂藏语，也不识藏文
我静下来的时候能听见世界屋脊的天籁之音
听见有人在叫我的藏文名字

油灯开始渐渐暗淡
油灯里的捻子剩下最后一截黑灰
续上青油，一截捻子在等我燃灯

2020.3.13

纸鸢

油墨未干
我的新书端正地躺在草上
像第一次准备起飞的纸鸢
我拿出准备已久的火柴
（听说给天堂寄件只能用火柴）
烧书。烧我的一本新书
父亲一生的梦想就是写一本书
我完成了父亲的梦想
我将书烧给父亲
许多字是父亲教我认识的
造句是父亲教的
故事是父亲讲给孩子们听的

纸在燃烧
剩下星星点点的火
找来一根树枝拨动一下火堆
纸又燃烧一会儿
我陪着一堆燃烧的纸，一堆往事
燃烧一会儿
又想起一些往事
想起父亲陪我放纸鸢

火灭了。一片一片的纸灰
飞上天空

灰色的，黑色的

没有燃尽的白色小纸片

纸鸢一样的纸灰

在空中飘动

是不是父亲在天堂收到了我的新书

天上下起了毛毛细雨

2020.4.2

砖雕

一辈子把脊梁给了石头
锤子钝了，凿子短了
锋口依然锋利
一声轻，一声重
一声长，一声短
一辈子在围裙大的地方
陪石头开花

2020.6.9

与菩萨说

一年不见母亲。一个人的时候，与母亲腹语

母亲在我出生的前一天，还在上班
干活的时候，告诉腹中的我，不要调皮

我腹中有话，母亲眼皮会跳
我在腹中说，妈，等我回家陪你一起上山烧香
腹中有回音，儿啊！昨天我梦见和你一起拜佛

别人看我沉默。我把话放在肚子里
哪怕是一肚子苦水，只对母亲腹语

母亲守口如瓶，只与儿子腹语，与菩萨说

2020.5.9

囟门

我忌讳别人摸我的头

总是下意识地避开

据说，我的囟门一岁闭合了

钙多，骨头硬

这是软骨脑颅

控制人的知觉

我习惯父母奖励般地抚摸

责备时的轻轻拍打

我的薄弱和脆弱都在这里

很久很久

无人触及我的囟门

2020.5.31

昨晚风大

一条挂在墙头的咸鱼
开膛破肚
掏心挖肺
铁丝拴着
铁钉钉着
一条挂在墙头的咸鱼
翻身了

昨晚风大

2020.4.11

酒话

闲聊
朋友是位大领导，与我是酒和茶的关系
不止于水。有规律地见面
一会儿去院子接风
先赏樱花、桃花、海棠花。借题发挥，打开话匣子
朋友是宣誓过的人，有信仰
我敬畏天地。聊花、草、茶、酒，可以暗喻
君子不器
朋友修的是大乘，救济所有。我修小乘，渡己
哈哈哈哈，免不了有打哈哈的时候
恰到好处的饭点，说的是正巧有一瓶十五年茅台
有些话题需要边喝边说。吃菜、碰杯、酌酒
偶尔相视一笑。话在杯中
酒过三巡，什么都说
喝酒说的话都不算，朋友走的时候这样叮嘱我

2020.3.25

白发像赶上坡的山羊

当我发现鬓角的第一根白发
孤零零地夹杂在黑发间
我悄悄地拔掉
后来不记得发生过一件什么大事
双鬓白了。白发像赶上坡的山羊
一边啃着我的头发
一边向我的头顶包围

2020.6.29

我趴在门缝看佛

寺院没有开放
墙里的一棵樱花树守不住寂寞
一瓣、两瓣，飘落至墙外
麻雀无门，在空中自由出入

我撅着屁股，趴在门缝看佛
门缝太窄，看见现在佛
没有看见左边的过去佛
右边的未来佛

一个扫地僧进进出出
左脚先过门槛
我下意识抬起左脚
咚的一声，磕在门板上
扫地僧看了看我这个方向
佛没有动

2020.4.3

落花辞

落花追着流水，去了
桥弯腰没有拾起
如果没有这些落花
看不见水下的潜流
不知道有旋涡和逆流

我站在花前看落花
也看流水
花落在发间
沾在衣襟上
水里的花掠起我的影子
是花辞了树
还是水摘走了花
花落的时候有几分飘零
随遇而安

2020.3.28

春夏之交

花儿已经转世做酥油花
叶子圆满
鸟儿过了变声期
出土的文物只有竹笋如塔
蚂蚁成群结队地绕塔
一股甘甜的水
不知道千里之处是苦海
一只鸟择千枝
终栖一枝
打着绑腿上山的僧人
遇见扛着竹竿的篾匠
一个隐于野
一个隐于市

2020.4.29

海纳百川（组诗）

上海原住民

在上海，想静一静，去浦江
那里有上海原住民
青砖黑瓦
油菜花
一句也听不懂的上海原住民语言
精打细算
有自留地
大片的地租给外地人种菜
浦江人喝老酒，即黄酒
打打小麻将
吃吃小青菜
吹吹牛逼
日子老好咯

夕阳西下

我来浦江的时候，夕阳西下
浦江边许多废墟
拆迁户走了
瓦揭了，梁拉走了，剩下断墙
周围的豌豆花、蚕豆花还开着
这些地圈了许多年

地的主人易手几次

羊毛薅了几次

但夕阳真的很美

油菜花绵延

水杉绵延

漫天云霞

红玉兰树、白玉兰树

二月叶子落光了

三月花也要凋落

叶子和花像记仇的原著人

老死不相往来

百舸争流

江面最宽的地方，对岸隐约可见

江水浩然，百舸争流

频繁有海轮拉着众多国家的旗驶过

更多是机帆船略靠边一些

载着煤、沙、废钢，帆布盖着

水压在船舷

驾驶室里的舵手真的潇洒

有女人站在船边打水

一只船，就是浦江边上的一户人家

外白渡桥

外国人也懂风月

百年之前，枕着苏州河和黄浦江

建一座外白渡桥
长百米
一百多年没有人追上造桥的人
双车道宽十米有余
也没有人追上造桥人坐的车
两侧宽都是近四米的人行道
从前过桥的人很瘦
现在越来越胖

在十里洋场，外白渡桥穿着一件灰色的长袍马褂
讲述中国近代史
我去过一次，不忍再去
那拳头大的铆钉在缝合一道伤口
一直没有拆线
提篮桥监狱

过了外白渡桥就是提篮桥监狱
那个关坏人的地方
后来有一些是好人
出来了
外面有的人说是好人
后来进去了
进去了就是坏人
不知道以后出不出来
不知道以后是什么人

一直传说某年某月的某一天

在距离首名囚犯入狱的 110 周年

这个监狱将被关闭

寸土寸金

顾不上风水

2020.2.22

白兰花

白兰花
在石库门前
老奶奶用最细的铁丝串起来
吴侬软语地叫卖

上海的空气酥了

白兰花
有人簪在鬓上
有人插在襟上……

白兰花
习惯成双成对地
在一盏清水中
或一件玉器旁

记得有一辆车上
每年都有几朵
白兰花
吊在反光镜下
淡淡的
无与伦比的清欢

2020.6.17

搁浅的螺蛳

一个螺蛳搁浅在湖岸
右旋，一圈一圈的肋纹
肋纹上有棘，匍匐在泥里
我好奇地打量这个螺蛳
肉体如木乃伊
灵性随之而去
空壳里有春水
春水里有沙子
是不是螺蛳的舍利子
螺蛳壳里做道场

2020.3.17

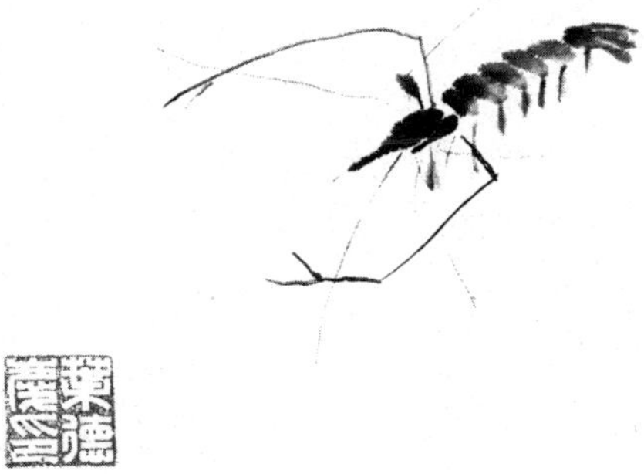

长征镇

长征镇。有邮局，邮局门前有邮筒
邮局旁有一棵樱花树
邮差一天来一次
樱花一年开一回

藏在花蕾里的心事
被春风吹开
落在邮筒上
邮差来的时候，落在邮袋口

我看着寄走的樱花
忘了写地址

2020.3.21

蝴蝶给春天授粉

车的引擎盖上，歇着一只白色的蝴蝶
我等了许久
蝴蝶飞走的时候
黑色的引擎盖上也有一只蝴蝶在飞
盘旋上升到白白的樱花树间
找不到蝴蝶
突然，又降落在红玉兰上，月季上
抱着雏菊的花瓣
竟然能够飞到三楼窗台一朵鲜红的芍药上
缓缓降落在草丛中的野荠菜花上
双翼翕动，有点喘息
我查看引擎盖上蝴蝶的足迹
没有。空中和花朵上都没有蝴蝶的足迹
蝴蝶给春天授粉
像一个浪漫的男子

2020.3.29

古镇早晨

古镇的电线陈旧，纠缠不清
一盏熬夜的灯，像早晨打盹的老人
半掩的木窗松松垮垮
如耷拉在床头的红兜兜
一根铁丝拉拉扯扯的蓝花布帘
随着河里爬上的风掀动

早晨最先醒来是一对飞燕
在别人的屋檐下筑起爱巢
唧唧叫着的是不是飞燕爱的结晶

不远处传来捣衣的声音
打破古镇早晨的宁静
小木船拴在河边的青石板上
养家糊口的男人拎着鱼篓上岸
去路口卖鱼

一对情侣游古镇，手牵着手
像窗台上那盆红花绿叶
一对老两口一前一后
如旧房子错落有致
初夏梦长
南来北往的风，在古镇打了个旋
许多宿命还在早晨的回笼觉中

民宿安静得像河水上的浮萍

古镇的早晨

每天都有萍水相逢

2020.5.20

搬门板的男人

一排一人半高的门板
一块一块地从门框的槽中取出
搬到两边墙柱，靠着
整个过程，没有声音
是不是屋里的女人还在睡觉
门板像男人使劲时凸起的肋骨
搬完门板，用手狠狠地推一把
确认门板站牢了
双手一拍，瞟一眼门板
一天的生活踏实了

2020.5.11

屋檐下吃饭的男人

屋旁一棵大树，树上有鸟
他不去树下的石桌上吃饭
鸟屎掉在身上，晦气
守在窄小的屋檐下
摆一张小桌
一盘水芹干丝，寡淡
一碗乌米饭的香味可以当菜
旁边摆着巴鱼、螺蛳
白斩鸡、河虾
那是做生意的
屋檐下吃饭的男人
守着天井下的天地
那是一辈子辛辛苦苦
打下的江山

2020.5.11

这天小满

北方的麦子刚刚灌浆
江南的江水涨了，河水满了
小满

一夜之间，一棵桑树老了
养蚕的孩子没有出来采桑

无人喂食的鸟儿
把桑葚抢光

这天小满，没有蚕作茧自缚

小满这天，我在淀山湖
小桥人满
小河船满
我打开门，打开窗
只想风满

小巷长，布衫薄
小满像树上的枇杷
可以吃
可以晚几天再吃

2020.5.19

旧时光

南边的风老了
吹不过半条巷子

西边的夕阳老了
在半条巷子中踟蹰

喜欢蒲扇的人老了
拎着蒲扇剩下的骨架

一把电风扇老了
摇头坏了，风速坏了

靠在墙上的竹床垮了
竹床是老的凉快
父亲拿小麻绳绑了又绑

母亲铺开一张卷席
一家人在路灯下
纳凉

母亲老了，在凉席上坐一会儿
抱着夏夜
回屋里睡觉

2020.6.13

旧鼓楼大街

1

胡同口挂着一个鸟笼
栅栏上挂着七个葫芦
鸟不知道葫芦里装的什么
葫芦听不懂鸟在说什么

2

四合院里的残雪残了
还是白的
街上的雪站一会儿
黑了

3

槐树上钉着一口钉子
钉子上挂着一条咸鱼
咸鱼翻动一下
槐树痛得抖一下

4

一个吹笛的人
从胡同走过

笛是一截塑胶管做的

哀怨的笛声

从电钻打的几个孔里跑出来

胡同里有高手

5

的士没有

滴滴没有

拼车也没有

在寒风中等啊，等啊

一直没有等到车来

一位大爷从清朝的宅子里出来

我一问才知道

这是一条死胡同

6

玉兰花冒出毛茸茸的苞

那一定是叶子掉光了

有的花

不需要绿叶

7

两扇红门

挂着两个铜环

左边的落满尘埃，右边的锃亮
敲门的习惯

8

一只橘猫出现了三次
不知是不是同一只猫
一位女士在告诉孩子
十只橘猫九只肥
还有一只肥猫上不了炕

9

电线牵着的老式电话
市话拨号就行
长途通过总机转接
接线的“都是我们的人”

10

摘柿子的时候
留一半在树上
柿子在树上等了一个冬天
喜鹊回来了
吃得饱饱的
架起鹊巢

11

养马场胡同

清朝的养马场

也就是现在的停车场

2020.1.12

造纸

1

树造纸
从种树到成材，在大山里十年
从粉碎到纸浆，在车间里倒腾十分钟
一大捆一大捆的，牛皮纸

2

除了鸿毛，剩下纸轻
在造纸厂的纸，重如泰山，每一捆都是吨重
除了砒霜，剩下纸毒
造纸厂排放的污水
鱼灭迹，田地荒芜

3

一望无边的桉树群，树木中的速成班
种过桉树的土地，河流干涸，寸草不生
每天排放污染空气的毒素
可是，桉树能制造好纸

4

一片一片的森林，举家迁徙到造纸厂

又搬迁到印刷厂

造纸厂离人类越近，森林离人类越远

5

中国的造纸术。树木是怎样造纸的

那时候读书的人少，纸少，造纸的少

纸上的是非更少

2020.4.8

告别辞

他坐在窗前
老天为他安排一朵莲花开放
看着莲花，他问我
对面是一座什么寺
“莲池禅院”
话音未落，老天又为他安排一场雨
他所说的烟雨江南
雨循声追到他的窗前
他说明天启程
雨停了。老天让开一条路
从寺前经过

2020.6.28

草原的河流

蹚过那条河就是草原
五月的河水，在五月的小雨中
清澈见底，找不到更加合适的词语

我第一次来，开着车
看见河边马的蹄印，我想那是匹高头大马
马蹄如此磅礴
我加大油门，冲过草原的河

后来才知道，草原没有小桥，马和车
都是从河中走过
冬天剩下一条河床
我来的时候是最好的季节

2020.2.18

马蹄声碎

马蹄声碎。在帐篷口等待
听梦想的声音

天籁般寂静的草原，草尖上露珠晶莹剔透
蓝天与草原起伏，马队在青草覆盖的路上

没有声音。近一点，再近一点
传来千山之外风吹草低的声音

走过眼前，每一匹马望着我这个陌生人
给我听马儿踢踏踢踏的碎步声
这是我第一次听见草原早晨的声音

马儿在帐篷前的水井口散开
牧马人打起井水，倒在古老的马槽
马儿发出啧啧的渴望

2020.2.18

石缝里

通往寺庙的路铺着青石
春天了，石缝长满小草

寺庙里的樱花树，大了
花瓣飘在青石上

那些青石老了，身子埋在地下
扛着肩胛骨，留条路给石缝里的小草

走在青石上，左避右让
我躲着这些新鲜的生命

2020.4.8

我尽量不想家

1

母亲已经十七天没有出门
母亲说，家里还有面条
还有鸡蛋
可以吃几天
可怜猫这些天没有鱼吃
一想到母亲和一只猫偎在一起
泪水簌簌地落下

2

母亲担心
菩萨那边没有香火
我告诉母亲，天天在烧香
佛龛上有水、有果，没有鲜花
现在没有地方买鲜花
菩萨笑得很好
母亲连连称赞
又千叮万嘱，千万不要放鱼和肉

3

说好除夕陪母亲吃年饭

又说好元宵节一起吃汤圆
现在啥也不说，每天问
早餐吃了没有
中饭吃了没有
晚饭吃了没有
一年一年过的日子
突然一天一天
一餐一餐过了
我尽量不想家

2020.2.18

硬骨头

步入中年，一直在做减法
减肥，减配
减社交活动，减朋友圈
仍然躲不过老天的追责
体质各项指标不达标
但有一样东西从未改变
骨量。骨头从来没有轻过
有一次膝盖粉碎性骨折
没有弯

有时候别人撞在我的胯骨
以为我斜挎着一把凶器
骨头实在太硬
我很明白，一身的油腻
是炼不出舍利子的
但可以烧出几根硬骨头
比灰尘重一点点
这就行了

2020.7.12

神兽

好奇太和殿檐角上的走兽

敢跑到皇帝头上

来了就不走

至高无上的十只走兽

没有殿敢超过这个数字

我记不住这些神兽的名字

甚至不认识名字中的字

传说每一个神兽的腹部有一颗钉子

2020.1.7

人间袈裟

在普陀山的一个山坳
新建了一座寺庙
朋友介绍时称大寺
朋友是大寺里方丈的朋友
方丈也有朋友

我去住了两次
两次都是两日
事不过三
三生万物
包不包括邪念

我站在窗口
听朝钟暮鼓
没有去寺庙
朋友说有九条龙
有九条龙的地方
有圣人，或者有神仙

每天和僧人一起食素
一碟一碗，很好
每天和僧人一起熄灯
一薄被，一床
僧人穿僧衣

我穿衬衣

人间袈裟

2020.4.17

搬神兽

择吉日为神兽搬家
蟾蜍，麒麟，貔貅
牛，大象，鸡
与我相生者

这群与我相处多年的神灵
做各种事
镇邪，纳财，守护
除灾，祈福，生息

皇历说，今日仅仅宜破屋
拆墙，拆柜
早给神兽找好了新家

我已经先住数日
朋友来了几批
聚了人气
再请神兽入住
有的在门前，有的在屋里
有的只进不出
门外有棕榈树，象征发财
院子里有井，有水
有金桂，有贵人相助

打一盆清亮的井水

为神兽沐浴

天边有一朵莲花云

2020.5.20

赶路

一想到开夜车
赶紧在左手绕三圈佛珠

一路上有凤眼保佑

有一段路，伸手不见五指
凤眼菩提显灵
雾走了

以后少赶夜路
自己累
佛也跟着辛苦

2020.5.23

一朵莲

浴室玻璃门上的一朵莲
已经含苞欲放
坦诚相见多年
一直羞于开放
背微曲，有些谦卑
我知道莲有洁癖
经常擦拭玻璃
把莲叶、莲枝
擦得干干净净
莲躲在磨砂的玻璃后
这么些年，遇见我
还是有点慌张
一朵莲
这是一朵转世的莲
在浴室的玻璃门上
一直看透
一直不说

2020.4.27

紫砂蟾蜍

工匠从一块千年紫砂石中
找到一只蟾蜍
咬着一枚铜钱
不肯松口

我把紫砂蟾蜍放在水缸
活灵活现
其实，我一直不想让人看见
工匠太想打造好这只蟾蜍
设计的时候，蟾蜍天生缺了一根小脚趾

我喂养的是一只残疾的蟾蜍
我养它一辈子
一百年以后，它是神奇，我是腐朽

有时候我也和它一样，蹲着
或者盘坐
想趁它不注意，拿走它那一枚铜钱

2020.6.30

迁徙纪事

葫芦

搬家。葫芦压阵
这么些年，挂在玄关上
镇邪
那个想害我的人，无法下手
或者已经下手
被葫芦收了

蟾蜍

茶盘上喂养多年的蟾蜍
都是上好的茶水包浆
成色圆润。我请蟾蜍去另一个地方
放生
这块紫砂石头眼巴巴地望着我
顿生悲悯

黄财神

黄财神坐在我的车上
走到半路，忘了拿一样重要的东西
又折返回来
我知道，黄财神想回来看看

神龛旁的水缸

水缸里的小财神

刚才走得急，忘了告辞

泰山石

十年前登泰山，请回一块泰山石

无奇峰峻岭，亦不巍峨

小得可怜，巴掌大，巴掌小

在财务室南边，一待十年

财务没有发生过问题

这次迁徙，泰山石放在我背后

靠着！

2020.7.3

黑夜（外一首）

黑夜的门敞开着
寺庙在黑夜的大门里

我和喇嘛在镇上吃饭
小声而热烈地讨论明天的行程

雪已经驾着飞机
来接我们

我问一声喇嘛
嗯
又问一声嗯
再问嗯

周遭寂静
除了山谷准备好的回音
每一片树叶都是雪降落的地方

天黑

我喜欢天黑
天黑就会有闪亮的东西出来

2020.6.5

家书

石韵馆，存放着五封家书
没有点灯
这清明的天气是不是写信的人想见到的

那些信封上有黄色的旧迹
信纸上有的墨迹已经染透
是不是雨水，不得而知

邮票已经分辨不清
那时候的邮票现在值钱
那时候的八分钱现在值多少钱
其实是先有邮戳后有邮票
古人没有邮票
木章刻戳，蘸墨盖在牛皮纸信封上
糨糊封口
邮差骑马或赶马车
后来骑绿色的自行车

很多年没有见繁体字手迹
看得人心里踏实
不像简体字让人心里空荡
那时候有文化的人虽然不多
但随便拉一个人写的字比我写得好

我喜欢信封上的那些称呼
先生，女士
父亲大人，母亲大人
信封没有拆开，感觉人站在面前
那些竖体的格式慢慢没有了
竖体间格大
那时候能够写信的人潇洒飘逸
很少出格

这些是当年台湾来的家书
有的辗转到美国再辗转到大陆
信到的时候，有的写信的人走了
有的收信的人走了

我一字一句地读完这五封家书
羞愧窥视这五家人的隐私
也窥视到一个陌生时代的隐私

2020.3.26

四月

四月
像一个刚刚过完三十岁生日的男人
早上醒来，发现真的不能差那么一天
有一种被掏空了的感觉
后来发现一天不如一天
百花开了，野花也肥大得不成样子
该结果的树都会结果
包括那棵去年出墙的红杏
硕果累累
四月下旬，动物园里的雄虎站在石头上
君临城下。很久没有临幸雌虎
又到了出汗的季节。太阳饱满
月亮浑圆。万物吸纳天地之精华
四月下旬，秧插完了，地耕好了
像一个刚刚过完三十岁生日的男人
该风光一把了

2020.4.19

浅江人家

船舷与船舷之间是陈旧的轮胎，轻轻一碰
像叩头拜把子的兄弟
后到的船将船绳系在先来的船柱上
先来的船把锚抛在岸上
深深地咬住泥土

船上的人也经常上岸，走的是跳板，一弹一弹的
跳板弹性好，适合一个人背货，两个人抬货
轻担的人走不来跳板
涨水时一块跳板，落水时需要两三块跳板
跨过泥泞

有时候船泊在芦苇荡，在夕阳下
风满的船帆靠岸时纷纷卷起
船上不是没有炊烟
船头的小铁炉升起的烟火会分东南西北

2020.4.17

借琴台

本来可以借黄鹤楼
可以借晴川阁
那些高大的地方，我不配
借琴台

龟山如龟，脚下必然有水
水叫月湖
湖上有古琴台
我想借琴台聊聊知音那些事

楚国琴师俞伯牙在此弹奏一曲《高山流水》
被下山的樵夫钟子期听见
能识其音律也就算了
还能知其志在高山流水
知音难觅。两个人相约一年后琴台再见
伯牙如期来时，子期已故
伯牙不复鼓琴，绝弦

借琴台怀古
宋朝至今，樵夫钟子期走后
伯牙走了
人无千古
知音易断

2020.4.3

武汉的山

武汉人不说爬龟山、爬蛇山
说去。不说爬磨山，说去磨山玩
这些山热闹，外地人喜欢
武汉人说爬山
说的是去黄陂爬木兰山
山不在高。木兰山主峰祈嗣顶海拔 582 米
是大别山南麓的高峰，且香火旺盛
佛道共存

木兰山在中原算不上大山
但有山的要素
南天门、二天门、朝天门
报恩殿、三清殿、娘娘殿
也有金顶
有山不能没有水，东有木兰天池，西临滠水河
有山有水不能没有人，木兰山因为木兰将军得名
有人的地方就有信仰，或者叫迷信
梵宫殿宇
灵验的香火

生活需要仪式感。木兰山有故事
木兰将军替父从军，女扮男装
好的故事结尾出人意料
朝廷封木兰为将军在意料之中

木兰不受朝禄，从军十二年，乞归故里

武汉的人就是这样有个性，和武汉的山一样

2020.3.9

草尖上的露珠

黔北的峰峦、河谷、古镇，天青色
山苍翠，河流平静，油菜花尽染
山路蜿蜒迂回，绕去山的那边
野兽在森林中跑过的路，时隐时现
厚厚的植被，雨后特别光滑

鸡鸣黔川，带着露水的野菜
打湿了女人黑色的裙摆
沉甸甸的背篓，驮上肩膀
野菜花在颠簸中摇晃

山里人少，习惯喊山，隔山可以听见
天没有亮，每一个山寨的路口
都会遇到下山谋生的人

头顶着森林，大树上搭着蓝色的天空
风扯着云朵，经常有鹞子盘旋
在山里生活几十年，没有走出大山
去过最远的地方是山脚下的古镇
一个镇管辖十八座大山
山里人就像草尖上欲滴的露珠

背篓空了，去镇里换点盐，扯点布
衣服是自己拼的，最漂亮的图案

回到山里的背影像竹篓一样
空荡荡的。在山里走一辈子
腿盘了，头发早早地白了，人影单薄
消失在河的对岸、树林中、拐弯处

2020.3.18

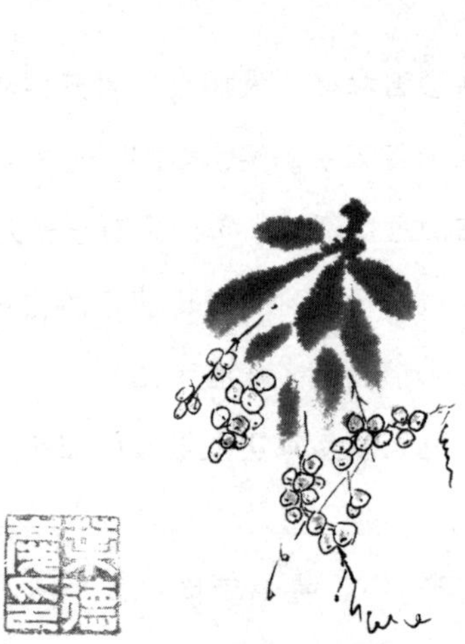

塬

天边的塬
横竖刀切一样整齐
塬下的窑洞，大多数荒废了
有两三户人家

据说窑洞冬暖夏凉
挖地的老汉说老寒腿痛

门口种着菜，有鸡，有栅栏
有柴犬
塬上有高粱和玉米

塬上有村庄，没有人住
有人到城里买房
有人周末开车回家
这些留守的精准扶贫对象
早已经不抽的旱烟挂在门上
有人来调研的时候抽上一袋
那样子比苦瓜还苦

2020.5.4

槐树

凸起的垄上有一棵槐树

塬上人家院子里的大槐树
一半在院子里
一半在院子外

旱井旁的槐树
开的花特别甜
把地下的一点湿气吸干

槐树通人性，给人蔽日
给人指路
白色的槐树花甜
炒鸡蛋香

槐树孤单
长在陇头，再见时长在塬上
走了很久，一棵槐树
落下一地白花

槐树易老
每个村里都有一户人家
说是住在老槐树下

2020.5.4

白槐花落满院子

我爬上围墙外的黑煤堆
看到白槐花落满院子
农具和院子门上的锁一样锈
房门虚掩

这是郭壁村的第一家
一座完整的塬上人家

半圆的门楣上糊过彩色窗纸
色淡了，被风吹破
晒玉米和辣椒的仓房顶
积满黄土
平台上抹泥的麦秸
风蚀在外面
什么时候小鸟叼着的草籽
掉在烟囱口，长出了墙头草

院子门下有一块石头
是不是表示家里没有人
门牌旧了，旁边一块铁牌上
依稀可见“模范户”三个字
一个村，两排房子
一条路，一眼望到头
没有见到一个问路的人
鸦雀无声

2020.5.4

垄上行

寂静的村庄
一只喜鹊在垄上觅食
一只燕子衔走小草

剩下一撮冬天的煤
铁铲正在生锈

黄土坡高，路远

一个锄地的人
锄尖翻一块土
用锄背敲碎
偶尔有一溜尘烟

垄上，种了一个冬天的雪
一阵黄风，到处是土疙瘩

锄地的人一垄一垄的
埋下玉米和高粱的种子
垄边种下向日葵
埋下最后一把种子的时候
锄地的人点上一支烟
打量着垄上的行距
一朵白云悬挂在垄头

2020.5.4

山里的女人

草丛中的露水
打湿绾起的裤管
粉红的塑料鞋
踩在露出青石的坡地上
黑皮肤，蓬头
猜不出实际年龄
爬山久了，双腿早已习惯
撑起负重的身体
一把砍刀
插在腰后的木鞘中
紧贴结实的臀部

反手熟练地抽出砍刀
砰、砰、砰
砍倒一棵小腿粗的竹子
扛下山
扔给坐在门前抽烟的男人

2020.6.11

蝴蝶

山里风大
一只蝴蝶趴在窗外

我望着蝴蝶
蝴蝶的翅膀望着我，发出乞求
悲悯油然而生

蝴蝶的眼睛已经哭得鼓圆
只剩下一件薄薄的披肩
绣着白色的花
两根探测声呐的长须
对这个世界充满警惕

我没有开窗迎接
我不知道蝴蝶吃什么
睡在哪里
风太大，蝴蝶趴在窗外
我趴在窗里

2020.6.16

汉语的掘墓人

废了竹简

废了活字

废了线装

废了竖版

废了繁体

废了纸墨

废了手写

废了阅读

我们都是汉语的掘墓人

2020.6.23

判了死刑的汉字

忽然发现
有的汉字被判了死刑
有的组词被判了死刑
一个汉字
两个汉字
三个字的名字
一篇文章
一本书
在一起
都有可能被判处死刑
我写汉字的时候
是不是在写一份
关于汉字的死亡判决书

2020.6.22

在海的前方

我记得那些货柜
集装的是海上的云霞
一朵一朵，悬在大吊车上
一层一层，码在港口

我记得，伶仃洋上的双桅船
记得南山半岛上粉色的风铃花
多好的左邻右舍

我抄了一条近路，从火车站背后
一直走到前海湾
往西，去一片滩涂取经
那里有礁石
我叫他大海的舍利子

2020.7.16

东方的十字路口

在前海的地理上
我想起曼哈顿
那里曾经是世界的十字路口
千幢高楼
昼夜灯火通明为信号
世界上有钱的华人在这里扎堆
自称世界上最好的地方
纽约的一个区
现实的西方人习惯叫
城里

我站在大南山上
一望无边的山丘与海岸线
中国的前沿
清除了所有当年止步的栅栏
前海，东方的十字路口
大铲湾、妈湾、赤湾、蛇口
比曼哈顿更加得天独厚的地理位置
更好的人文资源

有一个曼哈顿的故事
荷兰人发现曼哈顿
花了大约现值 24 美元
向美国印第安人

买下曼哈顿岛

当时有 800 人

有一个传说，曼哈顿会不会是曼哈屯

有一个前海的故事

一个小渔村，叫宝安

已经是中国南方的中心

已经是中国趋势

已经是世人瞩目

站在前海

站在历史的十字路口

2020.7.16

喝水

一根铁钩从屋梁上吊下来
钩起水壶

烟火落在壶嘴边
烤腊肉的油烟趴在壶盖上

山里人一边烧开水待客
一边拿着半边葫芦瓢
舀着凉水喝
剩一口
洒在火塘边，呼啦啦的火
吱吱一叫，节省一点柴火

说话间，水壶盖跳动起来
冒起大气
开水扑哧扑哧地翻滚

随便从旧报纸抓一把茶叶
都是上好的明前茶
扔在搪瓷杯里
冲出透香的茶水

山里人又舀起一口凉水
喝一半
一半倒在火塘，熄火

2020.2.23

这是一只双手作揖的螃蟹

一棵枣树站着
吊着几颗青涩小枣
一条淹过脚背的溪流，淌过
石头躺着

我拎着拳头大的玻璃瓶
抓螃蟹
一只拇指大的螃蟹
住在石头下
睁着比绿豆小一半的眼睛
嘴上念念有词，冒着水泡
这是一只双手作揖的螃蟹

我把石头放回原处

2020.7.17

渔舟夜歌

我坐在船头，撑一盏渔火
顿时，淀山湖四周的萤火虫亮了
蛙鸣，落单的鸟儿穿着一件白色的衣裳
盘旋在船板上方
四周的芦苇和稻谷
有的等待开花，有的准备包浆
在黑夜中做一些成熟的事情

波光是月色，只有一盏微弱的灯火，悬在桅杆上
映在水中。身影悠长

那些都是时光
或忧伤，或落寞。我今晚来撒网
还没有内容
一只空竹篓在船舱里滚来滚去

往日这个时候有另一盏灯出现在岸边
一个人影，头顶矿工灯一样的东西
在湖边钩黄鳝
发出古怪的叫声

水中的月儿在慢慢打转，船也在转
灯影像指南针的箭头
转到调头的方位

2020.7.27

虚度

过了季节，不适合种任何花，也不适合种草
要等到来年的春天
于是，花园虚度
我抱出一堆被套、床罩、枕头
搭在竹架上
陪着花园
晒太阳

我抱臂观赏被套、床罩和枕头
上不凋谢的花

2020.8.6

河水拐弯的时候，天也拐弯了

那时候古镇通往外面没有陆路
只有乘木船
河水连着淀山湖，水是活的
船上有人家
岸上有人依水而居

商贩摇着船，沿河叫卖
顺着窗口放下麻绳系着的竹篮
篮子里有银子
换回看上的东西
顺着墙拎上去

河上的桥不长
但和桥下的客栈屋檐一样高
有乌篷船的桅杆通过
过了桥是避风塘，风大的时候
坐船的人得住上一宿再赶路
出船的人摇着船，赶过来避风
岸边古老的青石上，每隔一段
都有一处凿穿石头的洞
牵挂过南来北往的船
河水拐弯的时候，天也拐弯了

2020.8.11

天将凉

天将凉
去流浪

喜欢在火塘旁
朗诵。今年湿气大
柴火不干，蓝白相间的烟，熏在声音中
格外柔软。而我的嗓子呛到沙哑
等我朗诵完第一首诗
柴火已经烤干
升腾的火星落在书上
已经是灰烬

火塘里的洋芋熟了
吊壶里的水开了
今晚，我先在火塘旁朗诵一首诗
然后去门外，给月亮朗诵一首
再给星星朗诵一首

2020.8.13

过客

流水无从考证
小桥有八百年历史
落在桥上的樟树叶正好一秋
约等于桥下摇船的渡娘的一生

桥上有年长的石狮
台阶的石缝中有年幼的小草
这是四大才子来过的小桥流水
流水是活的，船是旧的
人是过客
桥头的客栈，窗口摆着一盆不分季节的兰草
客栈下的流水旁有一桶泡在水中的衣服
一根木杵

没有人知道流水多少年，小桥已经八百年

2020.8.16

空江南

江南水浅，缺乏大山的压力
从昆仑山下来以后，八千里路云和月
早已经是缓冲平原
江南的房子，贴水
巷子是通的，弄堂走不通
小孩吹了穿堂风，容易感冒
不易治好
江南到处是祠堂，陆家的、顾家的
祠堂一年四季有民风
风把一棵草籽种在石板的夹缝中
精心地染绿
风又把草染黄，带走

江南热，不止人出汗
俗物都出汗
俗名，梅雨

下塘街剃头匠是个光头
正在给另一个人刮光头
没有一点声音

2020.8.21

湿地上的女人

湿地上的花灿烂，草丰厚
湿地却在缩小、干涸
一群在湿地上种花、植草的女人
老了

她们拔草、锄地、种植
不远处的水边有疯长的芦苇和荻
有早出晚归的男人和木舟

一群白鹭在湿地上生活了一年
围绕在这群女人的四周

从前贴水而居
离岸越来越远
她们开始习惯
在湿地上种植花花草草的生活

花籽，草根
躯壳、鳞片、褪换的羽毛
人
是生于斯、长于斯的魂魄

2020.9.4

下一站，花果山

下一站，花果山
孙悟空的故乡
水帘洞里，猴王的位子还空着
外面的人排队
里面的人不肯出来

石锅石灶
石碗石盆
石床石凳
大家轮流玩
猴王的位子轮流坐

猴子是从石头缝里钻出来的
每一座石头后面都是一个猴子
等待石匠叫醒

2020.9.5

私塾

祖父教私塾
有戒尺
教室是堂屋
八仙大桌
四条长木凳
这是祖父留下来的私塾的样子
我小的时候见过

有五岁的孩子
也有十五岁的
再小的和不出钱的大人
趴在门外听课
有的学费是用大米、鸡、肉
抵的
这是祖父告诉我的

我读初三的时候
祖父看过我的语文课本
说
和私塾小学水平差不多

2020.9.10

草垛

公鸡在草垛下掏洞，搭一间房子
母鸡咯咯地叫，急得团团转
乡村格外安静，一枚蛋出生在草垛中
外婆扬起扫帚
赶走闻到腥味的黑狗
捡起一枚鸡蛋
拢了拢满地的稻草
顺手撒一把谷子，喂鸡
公鸡在扫帚上跳来跳去
啄食草头陈年的秕谷

几只母鸡是外婆散养的
公鸡是隔壁家的
守着草垛和母鸡的外婆
捡鸡蛋
捡一年到头的油盐钱

2020.1.20

生物钟

首先高原反应的是生物钟
时针指向凌晨两点，我醒来
像一条潜伏在水底的鱼
准时到水面冒一个泡
大口喘息
黑夜被腰斩，深度睡眠的上半夜并不漫长
生物钟像一个凿冰的钓者
提前结束了鱼儿的冬眠期

离格尔木越来越近，今夜很冷
我裹着被子
更像是一条鱼儿睡在冰袋
此刻如果在空中看我，是一尾鱼苗
装在盛满水的竹筐里
不用担心塑料薄膜破裂
都是设置好的圈套
如同所有的弦外之音
被一根食指掌控

接下来，我担心的下半夜
只能用漫长两个字来形容
在海拔三千五百米
最稀有的是声音
一条冷水鱼在河流中

一动不动

其实已经逆行一生

我在香巴林卡酒店

四天四夜

总是凌晨两点醒来

时针、分针和秒钟叠加在一起的时候

时间斜靠在墙上

像我醒来时的样子

斜吊在地球上

2020.9.21

拉萨辞

时间住在寺院里
朝钟暮鼓
念经打坐

八廓街有一棵百年柳树
是这一带最年轻的古迹
旁边有一间卖奶茶的小屋
一块小小的窗口
住着一片蓝色的天空
扎一朵洁白的礼花

拉萨三日
第一天结识一只猫
第二天结识一朵蒲公英
此刻，送给这两位前世的神灵
一首诗

2020.9.27

昆仑山口

从格尔木出发，前行一百六十公里
已经是凌晨两点
在高原行车，距离和时间没有多大的关系
限速、修路、抢险、堵塞
据说有个叫西大滩的地方
住宿、修车、吃饭
是昆仑山上的繁花地段
可以借宿

看到几盏灯亮，十分荒凉
以为住宿还在前面
开出十五公里，导航显示是无人区
又返回。西大滩
就是刚刚经过的那几盏灯

敲开门，火炉上烧满开水
老板娘说一口四川话，叫交一百元钱，揣进怀里
上二楼自己找间房睡觉

爬上窄小的木梯
有被子、毛毯，床一摇一晃的
恐怕是没有睡过我这种体重的人
忽然一阵臭味过来
差点反胃

这半宿，在大货车司机留下的脚臭味中
和衣而睡

天不亮启程
出门看见满天的星星，晶莹剔透
这里是世界上最干净的地方

2020.10.6

深秋

江南的秋是人性化的

秋水长，像一位瘦男人穿着薄衫
芦苇高，像胳膊上吊着衣袖的先生
荻花不紧不慢，命中注定
年年从贴地的位置被人砍断
编一张荻席
有时，一位精瘦的男人
挑着一卷一卷的席子
走街串巷地卖

水稻是江南最肥的谷物
再肥的是在田间扯稗子的农妇

船停在避风塘的南岸
早上先爬出船舱的总是女人
踩着甲板上的露水
一摇一晃，打一桶湖水
洗一盆衣服

一位瘦男人戴着斗笠
斗篷扔在小舢板上
一边沿着湖边捞螺蛳
一边晾晒衣服的女人

江南的秋被风轻轻一摇

芦花便开了

2020.10.12

我不想唏嘘太久的美

其他的树把十月还给了天空
一棵茶花树，占据院子的四分之一
剩下的位置春种、夏花、秋实

我爱花，无法忍受没有花的寂寞
在某一个寒风凛冽的夜晚
窗下，或者门外的台阶下
绽放一宿，走了

我渴望美！冬天有雪花，够了
不必姹紫嫣红
雪花驮着柿子树的枯枝，下到地上

十月，在冬天到来之前
我不想唏嘘太久的美
砍掉一棵茶花树
空出院子的四分之一
等待一场雪
我愿意把时间交给雪花
把雪种下去
年年开花

2020.10.14

天上人间

虚拟的一座寺庙
虚设的一位住持

布衫、草鞋和绑腿
证明不久前去过一次人间

小时候没有地方拜佛，跟着外婆
拜苍天
等到寺庙开放，又不敢入佛门
寺庙里装不下这一捧尘埃

善良的人长相年轻，佛也不例外
佛龛上的佛，已经几千年
还是年轻时的模样

太阳一万亿年，年轻
月亮一万亿年，年轻
外婆留下的一杆秤，童叟无欺
挂在墙上，过了一百年
十六颗准星晚上还看得见

庙堂不因为虚设而渺无人烟
有小高粱，麦子……
去拉萨的路上，一边吃方便面
一边喝讨来的热水
住持比过去瘦了许多

2020.10.13

人间论

姿态再低一点
低于草庐
仅仅够人间论水面
那么一点露出水面的朽木
成了你的立足之地

天空更低
沉入水底

林中藏着上山的路
有高枝可栖

一只鸟
觅食落在低处的食物
收起翅膀
不需要任何折服

2020.10.24

水帘洞

神仙住在水帘洞，没有袖手旁观
一路小跑的人，身上沾满仙气

从水帘洞的这头到那头
都是被点化过的石头
有些已经开挂，石头上刻着字
有些摆出各式各样的造型
还有的量身定做了台阶

经过水帘洞，知道神仙不好当
没有点水滴石穿的说服力成不了仙
升不了天

神仙也不认识这些南来北往的人
但认识南来北往的风
从来不拉开水帘，风大的时候，掀开一角
看看有没有迷路的人

2020.10.29

紫竹调

紫竹六棵，占地二尺，几乎一丈高
种在东边的墙下
指望紫气东来

相信素食主义，但不可使居无竹
不等东风，有竹的地方，风生水起

种竹一日
松土，浇水，培土
扶竹的时候，知道竹细
新竹更瘦
喜阴，喜静，喜水
喜欢与岩石抱在一起

等紫竹三丈高的时候
我已经老了
也是这样的秋天，收拾满地竹叶
取一根带根的紫竹，做一根拐杖
拄在竹下

2020.10.28

虚拟

想象总是大于事物本身

院子不大，种着有生命的花草
对于春天的想象需要空间

来院子觅食的鸟越来越多
开始藏在桂花树中
后来排在墙檐上
现在已然在院子里散步
无数次的试探之后
鸟已经信任院子的主人
相信来到院子里的朋友

鸟不会因食而亡

鸟占领了院子，我退到台阶上
虚拟眼前是万仞绝壁
离开肉体的羽毛把群山压在身下

2020.10.29

情人旅馆

旅馆很小，爬上阁楼，不算睡觉
苟且一夜

犹如白天，一只鸟的影子
经过你的帽檐，不能说歇一会儿，算是路过

旅馆的灯淡黄
如此暧昧
长长的灯线
钓着黑夜

这是一家情人旅馆
世上唯一可以续命的是爱情

2020.11.1

百丈漈留白处

秋肥水瘦，百丈漈的瀑布剩下六分之一
草和石头裸露出来
像一个不修边幅的男人
胡须过长和颧骨太过突出
百丈漈不过是分为三行的修饰词
每一行都是绝句
游客添加许多惊叹号

如果不是秋水落入谷底的时候，潭中有树叶
疑似红枫
就没有悬念了
如果不是一位裹着红风衣的女子
坐在秋水让出来的石头上
仙人的留白处就少了这颗美人痣

每个人都是掐着时间下山的
能够回首的机会越来越少
我过早地到达出口
等在每一个人必经之处，错过一些合影
也少了一些日后的伤感。
红枫之后还有一些红枫映照在水中
犹如红衣女子在人丛中
总能一眼看到

起身时，我坐过的长椅立即有后来者

人间总是这么紧张与拥挤

只有百丈漈算是活明白了

打从悬崖峭壁上下来，越来越宽敞

越来越安静

开始习惯生活在人类走过的桥下

2020.11.2

漂母

一饭千金
讲的是韩信乞食漂母
恻隐之心
没有想过日后一诺值千金

过淮安
想起这位天下三大母爱之一的
漂母
双手冻皴，漂洗丝絮的妇人
分一点饭
给在河边钓鱼的少年韩信充饥

少年至少还会钓鱼
我不会。所以没有打扰淮安的朋友
担心日后无以报答
住一夜，无食
掬一捧淮河水，轻抿
以纪念漂母

2020.11.3

瞬间

斜靠在椅子上
太阳伞撑起初冬
三本书错落有致
稿纸和一支钢笔
搁在圆圆的玻璃桌上
我称桌子为天空之镜
天气好的时候
有蓝天、白云、鸟和风
住在玻璃中

我侧身望梅，至今没有开花
除了差一场冬雨、一场雪
主要是不够寒冷，没有北风
门一直虚掩
一只蓝眼睛的猫进出
望梅太投入
没有注意到客人来了
拍到了我的另一面
忧伤的瞬间

2020.11.8

两地书

至今不知道 2020 年的冬天是个什么模样
阳光明媚，冬雨不至
只听说西边雨水连绵数日
佳人开始郁结

掐指一算，西边城里的雨应该歇了
城外的雨歇一会儿又会回来
倾城的草木，收敛以后的心事
需要雨水的缜密

东边依然无雨，路上私家车多
只需要一场雨
一半的人去赶地铁
色彩斑斓的伞和雨披聚在地铁出口
人间突然近了距离
可是没有雨

东边堆砌的辞藻越来越华丽
在钢筋水泥的方格中
越来越出格

西边没有文字的语言或者像雨一样的甲骨文
把狂野种植在醉过八百回的
大山中

2020.11.13

丁家弄

苏州锦溪有一条巷子
丁家弄
五十米长，一人宽，一盏灯
还有两户人家
原来三户，巷子实在太窄，把门封了
从另一个地方开门，留有一扇窗户
我走过的时候
正好有两个人说着吴侬软语走过来
远远的，侧着身子，让我过去
衣服擦在墙上
一点也没有弄脏
每一段路都有人相遇
都有人侧身相让
墙擦干净了
走在中途的时候
我感觉有一点坑洼，脚尖踮了踮
谁家的担子太重，压断过一块青石

2020.11.15

怒江

怒江的皮肤是黄种人
两岸陡峭
如削骨的肩膀
如此虚无的荒凉
出藏的路上
贴着绝壁凿开的巨型岩石
我在滇西的指尖上
遇见怒江

见过一位穿着旧布衫的狩猎者
突然出手
那曲河是不是那位猎手
怒江是孤独的黑洞
老远听见轰隆隆的响声，恐怖阴森
九十度的拐弯，来不及刹车
过了怒江入口处
身后咆哮如雷

一块巨石悬在头顶，吊着一根藤蔓
随风摇曳
山崩地裂过的豁口生长出青苔
彼岸的峡谷直上直下百米
我的车如蚁在此岸
不知天高地厚地走走停停

怒江啊，一旦失去狂野

两岸上挂着的是多么漂亮的皮毛纹理

岩石上的皱褶

如一个成年男人的鱼尾纹

上游席卷而来的枝叶如原始的树叶裙

在滇西的蓝天白云下

怒江安详地坐在回旋处

加持

一位放羊的女孩，挥手的刹那间

赶着江水和羊儿温顺地调头西去

2020.11.16

梅花帖

种下一棵梅的时候
种下一个冬天
如果雪不来
梅存在的意义不大
梅不能没有雪

我种的梅连七枝
瘦而不高，临风不脆弱
其姿态有去国之美
每一枝上都有等雪的花蕾
那是藏着的冬天

庚子年，立冬以后没有下雨
梅不肯开
即将小雪，有点零星的冷下江南
梅使着性子
一定要等到刺骨的寒风

梅是形象鲜明的人物
林海雪原中的英雄
而我种梅的地方有些破旧
勾践灭吴之后
国破山河在
每一朵梅都是准备以身报国的西施

2020.11.19

读书处

我种的一株蜡梅
身上有几片叶子，都知道
入冬以后，开始打苞
有几颗花苞，哪怕几十颗
记得清清楚楚
每天早上，我坐在它身旁读书

一阵麻雀的叽叽喳喳之后
发现蜡梅树上的花苞又少了一些
瘦枝断了一两处

天冷了，外面的粮食没有了
可怜的麻雀四处奔波

大一点的花苞，一颗都没少
今天，竟然还有几颗冒出来
三两只麻雀蹲在瓦片上张望
吹一段口哨给它们听
我暗暗祈祷，那些小花苞快点儿长大

2020.11.21

边缘

游离于人群之外
在狭窄的悬梯
亦留下侧身可过的虚空，你
记得在两石之间，有一棵竹
垂立
你收腹贴着石头，让别人先行
足足一分钟
和那棵竹一起，瘦瘦的站在那儿
但你喜欢攀上没有人去的石岩
一会儿站立，扶着宽沿的帽子
眺望峡谷的三千年
一会儿抱膝静坐
与高处磅礴的瀑布对视
偶尔会侧卧，牵开红裙
正好在一只蚂蚁的必经之路上
你依然侧身让过
时间足足等了你三分钟
没有人注意到你喃喃细语
好像前世就认识路边的一朵花
俯身捡起一棵松子的样子
左手提着裙摆
右手又把松子放回山里
你还是习惯把内心空着
像一只翅膀透明的红蜻蜓

宁可停留在溪流边没有卷走的枯枝前
或者栖息在一块水中突兀的岩石上
呼吸大自然的空气
天色渐渐忧伤起来
正好是下山的最后一段路

2020.11.23

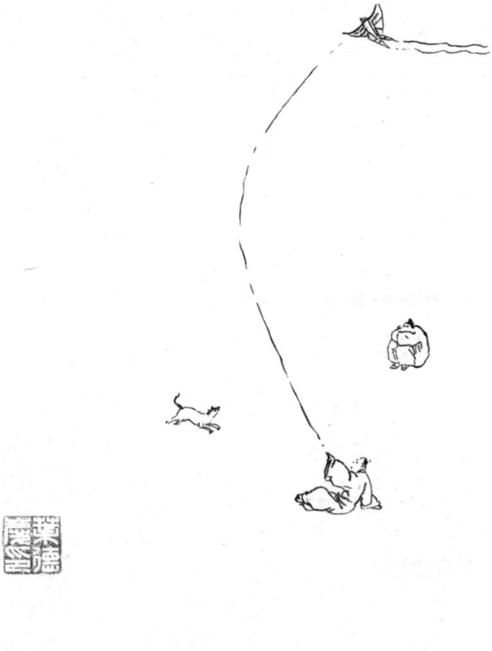

生活需要这样一盏小马灯

我是幸运的，生活中从来不缺少
灯。我出生的城市和我生活的
地方，灯火通明，即使下雪
或者落雨，也会有一个虚幻的光圈
刮风也会给灯左右摇摆的
无限遐想。有一次三更
喇嘛领着我至寺庙
深长、幽暗，遥远处有一盏
酥油灯，忽明忽暗
在我人生的另一条路上

我没有凿壁偷光的故事
也没有囊萤映雪的传说

我需要一盏小马灯
祖父曾经从私塾里
把孩子一个一个地送回家
手里拎着一盏灯，从街头亮到街尾
那是一盏抽象的灯
生活需要一盏具体的灯
挂在紫竹园的篱笆上
听竹笋拔节的声音
搁在我的船头，照耀满船的鲜花
屋檐下的麻雀，在灯影下

生儿育女。黑蚂蚁借着灯光
逃亡一场大雨

生活需要这样一盏小马灯啊！
一盒火柴可以点燃五十次
小马灯的火苗总是能正确地找到方向
比脚步先期抵达拐弯处。在十字路口
图谋不轨的人影无处逃遁
把捻子拧到最小的时候，虽然如豆
也比天上的星星闪亮

一盏小马灯，挂在灶台的烟囱上
照亮过祖父，照亮过父亲，照亮过我
照亮过楚河汉界来来往往的臣子

我需要冷静一下，小马灯此刻挂在
院子里，没有派上用场
也许点亮一次之后，一直搁在那儿
终老。我想和自己聊一下小时候的
场景：我的祖父拎着小马灯
我的父亲把我扛在肩上，进城
以后，我再也没有见过小马灯

2020.11.25

映至窗外的香火

惊讶！我点燃的香火
映照至窗外的树上
定睛一看，是透过虚无的玻璃
坐落着另一座佛龛

我的香火燃至午后，在摇晃中
熄灭。窗外冬雨未断
映照在树上的香火，在雨中
渐渐隐去

犹如我一手掌灯，一手挡风
行至最后一间房，我的卧室

原谅我啊，没有点燃一盏大灯
我也为此拘束
这些年过得不好不坏，没有大起大落
心安的是与德配位
与大灯始终无缘
我的佛龛太小

我点燃一盏灯
点燃另外一盏灯

2020.11.25

古树茶

收到一箱远方寄来的古树茶
太多。多到收到的是一棵古树
一片古树林，一座山
整个滇西

树下发生过的故事，已经变成
茶香。白布袋像
几百年的山寨与壁垒
包裹得太严实，像风灌满了一座古镇
缓缓山风中，兵家必争之地是茶色的
如诗人般地活在真空包装中的
这些古树茶，每一包都等着我
打开。我看到了无数的古茶树叶
在向我招手
原始森林和植被
河流
在蓝色的绘画上拐弯西去
呼吸到疆土上存留的硝烟味
族人的篝火、弓弩与箭雨
构筑爱恨情仇的画面

我的开水沸腾后，又放凉了
三回。我的茶杯实在放不下
你的故乡

2020.11.26

夜夜夜

夜深的时候，适合讲爱情
仿佛一件奢侈品，夜深了
拿出来看看：

还是不要见面吧
许多爱情，止于见面。

许多爱情故事，就是没有发生，
才永恒的。
真害怕，见面以后，会失去你

这些似是而非的黑色文字
使我想起一棵失去叶子的石榴树
剩下一颗裂开的石榴，挂在枝头
像灌顶过后，开挂到一半

夜晚的风习惯倒灌在脖子里
酒后除了吐真言
还容易着凉
修炼多年的定律，东倒西歪
满地的月光都是捧不起来的百合花
天太冷，有星星划过算不算孤独
有亲人等候，叫不叫寂寞
有时候，一阵冷风可以吹醒

做错事的人，说一声
罪过！然后双手合十

可以想象，这么漫长的冬夜
如果没有爱情，多么冷啊！
可以理解，为什么微醺薄醉之后
说一些比爱情更进一步的话
可以取暖
这样的时候，使人想起半辈子的不易
想起石榴里面
甜蜜的东西
被那些飞来飞去的鸟
掏空

夜夜夜
多么美好的夜啊，月光在一杯酒中
荡漾。两颗星星宿在其中
被黑夜特赦的语言，换个流浪的地方

2020.11.27

摆渡者

把一湖水归隐到芦苇中来，渔船像寺庙的
废墟。几只鸬鹚在相互打听
乡关何处

芦花可以白首，芦秆可以藏起来
不做别人的凉席
渔民冬闲，三天打鱼两天晒网
鸬鹚在思念水域

每一只鸬鹚都在温暖自爱，眼睛里有
微弱的火苗。翅膀里藏着羽绒般温柔的
文字

可是，那个收羽毛的人走了又来
那个养鸟的人戴着金色的脚镣
住在岸边的民宿里

鸬鹚啊
背负着无数条鱼的性命
一直有人想要鸬鹚的命
有人想把鸬鹚关进笼子里

站成两排的鸬鹚
如同紫禁城押往南蛮的囚犯

等待冬天过去

过渡到南方

2020.12.3

骡马道

抬头三尺是天，俯身一千米是大渡河
骡马道上的骡马，走一段歇一会
走三步，歇两步
走一步，歇一步
鹞子在山谷里盘旋
风拉着骡马的尾巴去天边的村落

骡马道上不是没有爱情
我去的那天正好有人结婚
出嫁到天边的女孩一手提起红裙
一手牵着娶她的男孩
跟在后面的兄弟不断叫唤姐姐的名字
风也跟着说，上山的女人哟
一辈子没有下过山

那男孩戴着女孩送给情郎的绣花腰带
那天是男孩的父母请结摩选定的黄道吉日
送亲的歌师一路上唱着《哭嫁歌》

骡马道上没有浪漫的花
山上的洞房依然是陈旧的木屋
五匹骡马拉着女孩的嫁妆
男孩背着女孩，是一生中最幸福的时光

骡马道上不是没有爱情

山上的香火延续了四百年……

2020.12.5

黑夜

黑夜中想起一条河流，雅砻江
我睁开眼睛，望着夜空，一条银河
蜿蜒绵亘，远远而来的声音
寂静之夜啊，在雅砻江的大峡谷
我沿着这条河流
遇见一对母子，正在羊羔跪乳
那个放羊的少年
半卧在沙棘林中，睁着大大的眼睛
如河流一样清澈的眼睛
有如羊羔见到我时
流动着一缕天然的忧伤
我从羊的恐怕与少年的惊异中
找到黑夜的眼睛
对视良久
直到听见羔羊呼唤母亲的声音
把我从记忆中拉回来
今夜，我回到那个乳名叫小金沙江的地方

2020.12.6

一朵蜡梅

君子一言，驷马难追
大雪这天的早晨，推窗望梅
一朵蜡梅站在窗外
在说好的时间
来了
穿着一件单衣
一阵淡香，问候万物

这朵梅花更像是一位微服私访的君子
借宿至明年四月
与周围的兰花、紫竹和雏菊为邻

言语间，蜡梅的香味已经沁入我的书房
与一根老了的灯捻子，似曾相识
还有书卷气
茶杯半掩
虽说江南无雪，有从雪域来的唐卡
蜡梅的香与万物一起，落在蒲团上

2020.12.8

山里的黎明

山里的黎明是这样来的
沿着一只黄鹂的鸣叫，找到竹林
扶着竹林的斑影，找到失修的土屋
在装过雨水的竹筐里
找到经久的岁月

偌大的朝阳
照在一只蚂蚁乞食的路上
对于蚂蚁来说，太阳是一盏灯

炊烟升起
山涧传来棒槌声
长一声，短一声
不见踪影

群山是人间的寺庙
万物生长是黎明的贫僧

2020.12.10

运河

一个女人嫁给了船主，就是嫁给了一条河流

弯腰将拖把在湖水中荡了又荡
提起来拧干，在船头的甲板上，拖了又拖
晾衣服的地方多出了一件花衬衫
船板上多出了一双女人的脚丫印
船尾甲板上的炊烟
证明这一片江湖上又有了人烟
锅里的小鱼像这个女人
煎熬啊

摇桨的船是江湖上的穷人
江湖是船主的依靠
船主是这个女人的依靠
岸是船的依靠
女人不愿意看湖水中的那个人影
瘦了又瘦
只有风落在身上的时候，想起来
身体曾经那么饱满

2020.12.11

古镇数日

决定在古镇上住几天
沿着岸边的船走了一转
湖水围着渔村走了一圈

当地人有两件事，打鱼，种菜
我买几棵青菜，一根萝卜
日子过得一清二白
偶尔在湖边的渔船上讨点小杂鱼
加一碗湖水
熬点鱼汤
喂食蹲在门口的猫
是这个冬天最像春天的事

渔村的废墟十分独特
那些陈旧的渔船，有的船一半已经进水
这样的船上种满鲜花
像岸上几位晒太阳的老妇
头上扎着一块漂亮的头巾

我在古镇数日，认识了几户人家
有卖紫砂壶的
隔壁是卖旧货的
再往前走是卖古董的
不知道他们之间有没有因果关系

如果我不经过莲池禅院

也不会认识他们

借助一个比喻形容这种生活

流水走了

合欢树的叶子掉在甲板上

都在告诉我，不虚此行

2020.12.15

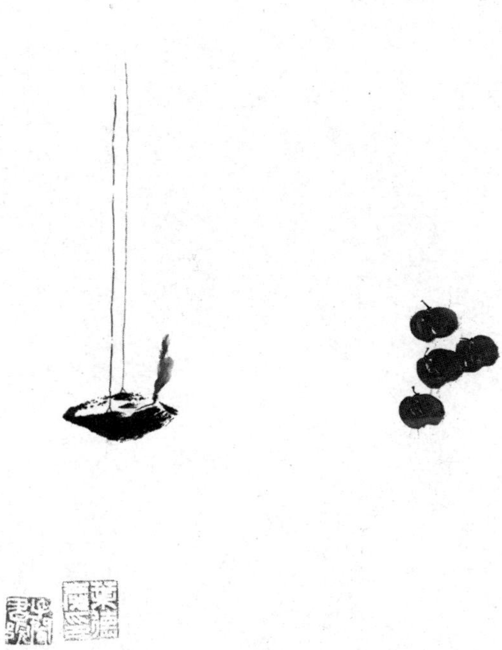

误入江南

深冬的江南，周围一定有冷雨
眼前水天一色

借水而居的杉树
落下一地铁锈红的针叶

都是一些会飞的灵魂
野鸭成群，一只忘记迁徙的白鹭
落单在芦苇荡
四周开满芦花

懂事的神灵，登高而退，飞得最高
就是比水面略高一点
或者换个姿态，卧身水上
冷暖自知

白茫茫一片，空荡荡
顺风无船扯篷
逆风又无人摇橹划桨

整整一个深冬，误入江南
分不清哪里是岸
哪里是水

2020.12.19

借江东

亲爱的，借道楚国，来到吴越
世界上的水都是相通的
都是乘坐天上的一朵云来的

楚国的修辞是阴冷，雨越下越大
如同你的忧郁
而烟雨一般的吴越母语
慢慢聚拢
又慢慢撤开
犹如你的母爱在眉头的表现

从楚国来的冲积平原
已经没有力气站立起一座山
最后一把劲，躬身成为一座岛
亲爱的，你已经疲惫

一支芦苇可以折断成一段江南小调
可以削皮为席
可以含在嘴里泅渡
这些江南的习俗，正是你喜欢的
亲爱的

江南在楚国，这里是江东
这里有这里的英雄与美人

阖闾、夫差、伍子胥、孙武子
勾践、文种、范蠡与西施

江东吴越，是贵人来的地方
栖南来北往的贵人鸟
之前冷雨阴虚
贵人来了，阳光就来了

而我想说，亲爱的
这都是烟雨与故事
还有人间烟火
舟楫、农耕、印纹硬陶
土墩墓、淫祀和断发文身

想起吴越征服楚国
江东已经霸占了江南的名字
你是来征服我的么，亲爱的

江东虚无的水域
没有我的父老乡亲
如今有你，有你借楚国来
再借江东，带走我
像带走一只白鹭
没有行李

2020.12.20

太平桥

我经常拎着菜从太平桥经过
北宋太平兴国元年也是从这里经过
一走，一千多年

那里卖菜的人保留着北宋的口音
吴侬软语的女人戴着北宋流行的头巾
住在桥下的男人，瘦瘦精精
是不是也和北宋的男人一样
喜欢蹲在船头吃饭

我拎着白丝鱼
霜打过的青菜
这些和北宋的菜应该一样
我拎着矿泉水瓶装的咸菜
北宋是用小土罐装的
我走的路已经铺上柏油
北宋的太平桥上是石板
两端是泥巴地

北宋时这里一座桥
桥下一座码头
码头上一棵苦楝树
苦楝树下拴着一条船

我拎着菜从太平桥经过的时候

北宋的风趴在我的菜篮子上

2020.12.23

婴儿般的睡眠

侧卧，是你睡觉的标准姿势
一件薄衫，斜露出香肩
轻轻地呼吸，被子早已经蹬下一半
这婴儿般的睡眠

黑夜是亮的，婴儿的眼睛是亮的
可以看清万物
婴儿般的睡眠是香的
看得出来有时候梦寐，但是无求
有时候眯着眼睛，睁一只
闭一只，看世界

有意思的是你翻身的时候
世界是个摇篮
也跟着你翻了一个身
这婴儿般的睡眠，打动了我的心

2020.12.24

一炷香的时间

在这个冬夜，周遭寂静
昏暗的屋里，小马灯的捻子已经拧到最小
火苗在摇摇晃晃，一炷香的时间
三枚硬币在桌上，读着易经
那双把硬币抛起来的手，不见了
念经的声音落在经书上
我依然坐在沙发上，看不见脸上的灯影
五米长的羌绣拉在茶桌上，夜再深一点
可以听见绣在茶垫上的羌笛想家的怨愁

我拎着小马灯上楼睡觉，许多事物倒在黑影中
有些东西是不能自己上楼的
我手上的那本书，今晚和我一起上楼
和小马灯一起搁在床头柜
今夜很冷。我钻进被窝，读了几页书
捻灭小马灯之前，看见自己在坏笑
书中有一个于连式的细节

2020.12.25

找雪

雪应该离书院不远，昨天黄昏
看见窗下的蜡梅，用力绽放
雪可能正在百米外的
莲池禅院，接受洗礼

不寻梅了，院子里有
去找雪吧。刚才经过湖边的时候
看见小船的甲板上似乎真的有雪
桨横在船舷，像舟字中的一横
一层薄冰在船舱闪闪发亮

经过菜地的时候，挑了几棵青菜
白绒绒的，似乎雪压过
老农说，霜打过的，吃起来甜甜的

应该是雪太小，算是昨夜来过
薄冰许多，芦苇苍老了
一只忘记迁徙的白鹭
比雪更白一些，上下盘旋
天冷了，鱼在水底
懂鱼的渔民，今天出船晚一点
等气温上升

回到书院，麻雀已经光临

天色低沉，周边的雪应该很大

觅食太难

每天撒在院子里的谷子要多一把

站在屋檐上的麻雀多了几只

我不认识的

2020.12.30

一把竹椅

山民家门口的一把竹椅
发红泛白，有些年数了
夏天坐椅子的人汗水浸渍的
请一位九十七岁的老人
借这把虚空很久的椅子
做道具

我一手拎着椅子
一边在扎满草垛的田埂上
找平缓一点的位置
这把百岁老人的椅子很配合
仿佛对人生的洞穿和对世事的勘破
摇摇晃晃，却灵性十足
该横的地方横，该竖的地方竖
该弯曲的地方弯曲
虽有长短，每一根都有亮节
几位借坐的人也是谦卑之人
欠着身子，半倚在椅子上
这是一把有些佛缘的椅子

2020.10.25

篁庄村的二十二点

月亮吻过手背之后
万物晚安

篁庄村的民宿即将打烊
分离的人抓紧时间挨个拥抱

二十二点，月亮斜挂在夜空
最好看的样子
篁庄村的柏油路斜身而过
有人自始至终斜挎着布袋

篁庄村在山顶
一盆兰草在民宿前斜着
一棵三角梅斜生在墙下

斜着身子告别的样子真好看
仿佛月亮吻过万物之后
一些眼泪斜挂在食指上

2020.10.26

2021年作品

温柔乡

过去的被子是棉花弹的
有一床八斤重的被子已经很暖和
十斤重的被子是有钱的人家
或者谁家闺女的嫁妆

遇上大太阳天，家家户户晒被子
好棉被像云朵，令人羡慕
一般的被子像一大块泥巴，睡塌了
穷人家的被子真的像渔网
中午的时候把被子翻一个面
好像把太阳翻了一个面

乡下弹棉花的来了
在楼下搭一个窝棚
多数人是旧棉被加一两斤新棉花
穷人家是拆旧棉被
或者两床旧棉被拼做一床

过去的人弹一床棉花被
不管新的旧的，是一件大事
晚饭的时间，大娘、小嫂子在议论
张三还是李四家弹了一床棉被
聊到有钱人家十斤的新棉被
噘起嘴巴，说是太重，压在胸口

闷。一副吃不到葡萄的样子

一床八斤或者十斤重的新棉被
是一代人的温柔乡

2021.1.2

中国红松

这几年，冬天去长白山
与其说是去看雪
不如说是去看一棵中国红松
在雪雾茫茫的长白山大峡谷
一棵四十米高的中国红松
紧紧地抱住一块巨大的岩石
树根像一个男人使劲握紧的拳头
青筋暴露。仿佛要把岩石捏碎
这么些年也真的把岩石捏出了几条裂缝

只有这么大个男人
配得上养一大群孩子
每一颗松果都是一位转世的灵童
小枝上密生的褐色柔毛
有父亲臂弯的慈爱
五针叶抵御着来历不明的俗物
中国红松的种子成熟时是不脱落的
老来归根

我冬天去长白山看一棵中国红松
皑皑白雪
风像削铅笔一样，峭壁削尖
中国红松，巍然屹立

厚厚的雪一层一层地爬上树塔

这是长白山的代表作

2021.1.3

桦松恋

守林场的老人说，贵人来了
一夜的大雪，早晨停了
太阳出来了

阳光一寸一寸地与寒冬争夺地盘
仿佛全世界的冷攒着劲
抵达长白山北坡，冰天雪地
阳光午后才肯到北坡歇一会儿
这是我喜欢的

守林场的烟囱，彻夜冒着淡淡的白烟
几根熊腰粗的老树
堆在栅栏里
覆盖着厚厚的白雪
经过一夜北风，挂着晶莹剔透的冰柱
这是老天爷留下的老树
现在山上已经很少这样的珍贵树种
不锯了，留做传家之宝
小屋的门前空旷
木架上挂着长长的干参叶
四周还有没有挖完的白菜
坡地上剩下高粱秆和玉米秆在摇晃
一条小溪流已经冰封

我去的时候，老人端上一勺子热水
是堆在锅里的雪
在铁炉上融化的
老大娘半倚在炕上，笑的时候满脸皱纹
一间大通房，一张炕
炕角堆着半辈子的衣服
一座铁炉，便是人世的温暖
一堆干农活的杂物数着春夏秋冬

我想起刚才经过的两棵百年大树
松树和桦树
根连着根，树干相依相偎
守山的两个老人，不知道已经金婚
老头告诉我，结婚那年十八岁
老伴小两岁

2021.1.4

山里的小酒馆

山里的小酒馆，招牌菜
杀猪菜。我点了一道
天实在太冷，又叫半壶酒
要温热的
那女人说，你一个人吃够了
挺当家作主的样子
我说加一盘花生米吧
那女人回头看了我一眼

山里的酒馆，四张黑乎乎的大方桌
墙边摆着各种山货泡的酒
瓶子上歪歪斜斜地写着
虎骨、熊掌等禁猎物的名字
趁那女人端着温热的酒
和油滚过的花生米过来
我低声问一句：
那些泡酒的东西是真的吗?
那女人看了看门外，说：
喝就是真的
门外是山，啥也没有

进来一个男人，一脸横肉
一阵风吹进来，一股羊骚味
将一把零钱塞给那女的

完了? 那女的问
完了? 那男的答
我估摸着，杀了什么野兽卖了

啧啧，那酒温得真好
三杯下肚，人缓过劲来
我捻着花生米，打量这两人

那女人眼眶红红的
拿出一个布包，递给那男人
说是几个村委会和林场吃饭的欠条
都在里面
那男的没有接过包，压低嗓门
尽量用方言说话，大概意思是
没钱
那女的眼泪在眼眶里直打转
那男的又说
你家那酒鬼喝了酒又打你
你回去干啥
女的转身，提起油腻的布兜
偷偷抹眼泪

难怪我刚才叫酒时
那女的神态不对
但那酒温得真好
我说，再来半壶吧
那女的把铁炉的火压小

隔着铁盖

帮我温酒

我望着窗外，自言自语

今天雪大，啥时候停

2021.1.5

小山村

风把树叶吹走了
把大雪吹来了
把守在苞米地的最后一个人
秸秆人，吹走了
根茬挂住一顶破旧的土匪帽

山坡的小树林
一只麻雀在被风吹翻的旧巢旁
重温旧爱
树林后的森林木屋
孤烟垂直
蜘蛛在屋檐下编织新的梦想

上山的道上
背着一大捆秸秆的大娘
踩到雪底的脚步声
吱喳吱喳

大山驮着山民的生活
一垛一垛的秸秆
围着烧火做饭的日子
大娘一边爬坡，一边唠嗑
山里不让住人了
开春都得搬下山去

说这话的时候，大娘把一大捆秸秆

换了个肩背

整个身体吭哧了一下

沉啊

2021.1.6

长白山如来寺

古往今来有长生不老的故事
长白山上的仙人洞
门前是通往仙境的必经之路
古人进山挖参，托仙人的福
拜神山，这是老规矩

清朝末，县太爷在长生不老的路上
建了如来寺
挖参的人求菩萨保佑

这路一直延续着绺子的黑话
放山路

传说在放山路上遇见人参花的人
运气好。我遇见过两三次
运气好过两三回

人参的叶子是世上唯一的轮生叶
每年轮回一次
最多长到七片叶子
仙人的最大数字是七，不敢再大

我遇见人参花的时候
人参花正好是菩萨红

不敢占为己有

我捧着七片叶子的人参花

经过放山路

送到如来寺

2021.1.6

渔舟一日

不能用风尘仆仆来形容
渔家的一天
撒网、拉网
湖风、无处躲避的阳光
和湖水的反光
比尘埃更加侵蚀皮肤

船公脸色黝黑，褶皱刀削一般
后脑勺剃得高高的板寸
和性格一样倔强
手掌粗糙的老茧
被湖水泡得泛白

船尾摇桨的渔妇，扎着红头巾
手和脸干裂得像一张船板
看似轻松地
一千次一万次地摇着日子
顺风的时候打开暖瓶
把热水倒在瓶盖里
先递给船头打鱼的男人

在木桨和船板之间
有一根半指长的铜柱
从早到晚简单地摇桨

一不小心就会掉出生活的凹槽
铜柱和铜槽磨得锃亮
就像渔家的日子
在一个小小的半径里
吱扭吱扭地转
湖是渔民的土地

有时候歇下来
住在岸边水泥船的家里
晒网，补船
船舷上几盆稀稀拉拉的月季花
船板上竹竿搭起的晒衣架
渔妇打起一盆湖水
洗几棵青菜
男人蹲在船头，猛地吸上几口烟
船和岸
保持着一块八尺跳板的距离
隔着风尘

2021.1.10

指望

小寒那天是五号，母亲打来电话
我能感觉到
母亲扳着指头数着日子
立春还有三十天
小年还有三十二天
除夕夜还有三十八天
这些数字
在母亲的十个指头上转来转去
有一会儿母亲没有说话
那是母亲扯起衣襟，在抹眼泪

母亲又说，腊鱼、腊肉腌好了
母亲吃素多年，不杀生
买好盐，花椒和干辣椒，炒熟
请隔壁的大爷帮忙
反复叮嘱，鱼和肉放在一起
这样好吃
十斤肉放三两盐
这是母亲的独门绝技
又是一阵寂静
我知道母亲在落泪
想起了我好吃的馋样子

电话那头，母亲伸出食指
指着晒在墙上的腊鱼腊肉
数给我听
1、2、3、4、5、6、7
两挂是我的，两挂是妹妹的
两挂是弟弟的，还有一挂
是给隔壁的大爷帮忙的回报
母亲上了三天学
从小学会数着指头
指望过上好日子

2021.1.11

冰上舞蹈

流水是没有黑夜的
再黑的夜晚，流水自带光芒

早上五点，天是黑的
湖边的轮廓清晰
一棵芦苇单薄地站在北风中
像起来小解的渔公
站在船板上，瑟瑟发抖

船，被薄冰包围
昨晚有风，还有浪
溅到船身的湖水
累积起来几根冰棍
挂在船壳下

渔公打开烟盖，撕掉锡纸
在手背上敲一敲
食指弹一下烟盒底部
跳出一支烟
叼在冻得发乌的嘴唇上
点燃。猛抽一口
湖面上的冰，面积慢慢缩小

渔公解开绑在船帮上的竹竿

举起来，捅破薄冰
勾下身子
敲掉挂在船体上的冰棍
吸到烟屁股的时候
渔公的竹竿，轻轻一点
不经意间，戳破黑暗

船离开了岸
绑好竹竿，抱起船桨
把凹槽对准船尾翘沿上
比小手指还短的铁柱
那么小的孔，渔公一扫眼的功夫
装上去了
仿佛舞者穿上舞鞋

此刻，渔公望着湖面，倾听
静若处子
似乎湖上的波光是有声音的
轻轻地摇动船桨
船就像箭一样离开岸
压得薄冰嘎吱嘎吱地响

第一个站出来的是阳光
天青色的鱼肚白
涨潮了，湖水褪去了一些清淡
候鸟和野鸭接二连三地出来

弯腰，起身

渔公站在船头

举起银光闪闪的渔网

撒出去

渐渐，渐渐

湖面上的雾和船，模糊在一起

太阳在山的那边

2021.1.13

正月初一

正月初一，去莲池禅院礼佛
自取三支免费的香
焚香，吟诵阿弥陀佛
再请小灯两盏，燃灯，照亮白天
与请大灯相比，我有点相形见绌
连忙把找零的钱塞进功德箱

多看了一眼，寺庙后有路
路尽头有湖水，水上有白鹭
万千垂柳是为即将立春准备的
烟雨长廊的入口
多少人想走一走的地方
我没有走
长廊太长，渡的东西太多
我不喜欢挤

转到最后，来到文曲阁下
没有上去，上不去
围起来了
文曲星不是每个人可以随随便便见的
旁边是许愿处
红绳子挂满密密麻麻的木牌子
不知道许愿的人是不是文曲星转世

再往前走是一口取水的井

回到人间，想起来的时候是空腹

看到出口两个字，我借道而行

2021.1.13

开阔地

远远望去，运河旁，杂树林
再远一点，两棵高大的白杨树
各自有两个黑点
喜鹊的巢
北风把树叶刮得干干净净

噗的一声，杂树林中飞出一群麻雀
在低空中盘旋，落在芦苇荡
枯萎的芦苇被压得左摇右晃
有几支折断
两只喜鹊从远处赶回到白杨树上
关心一下自己的鸟巢

一条人迹稀少的小道
穿过杂树林，两棵白桦树肩并肩
这是一片开阔地
运河边的古渡口，两条遗弃的旧船
一座破烂的砖房
烟囱顶上的杂草低垂
面朝运河的那扇窗户已经没有木框
木栅栏上挂出一块纸牌
涂着两个大字：新米
下面是电话号码
冬日里，一声久违的鸣笛
南来北往的船家到此买米

2021.1.15

异类

天冷。突然想起
附近村头的两只鹦鹉
一只鹅黄，另一只孔雀蓝
竹笼子里装着风

一居室，有嗟来之食
有早晨和晚上，有天空和流水
养鸟的人说，孔雀蓝的那一只
鹦鹉，曾经飞走
后来自己回来了

已经不适应外面的生活
虽然这里有麻雀和白鹭
还有好看的小黄莺
鹦鹉已经不合群
听不懂鸟类中的异族语言
尽管自己是学舌之音

两只鹦鹉已经习惯
挤在一居室取暖
在一个笼子里散步
吃一锅饭、品一舀水的香甜

我经常从熟悉的鹦鹉旁经过

每当我靠近笼子
鹦鹉立即回到居室
与生俱来的不喜欢人类
伤害太深

2021.1.16

光阴

今天没有预约的客人，昼短夜长
水乡格外冷，闩门闭户
麻雀也来得晚
我出来投食，冻得瑟瑟发抖
只有这个时候，我愿意弯腰
为这些小动物
弯腰、挨冻

树枝拎着小马灯
渔网半挂在断了一截的树杈间
梅兰竹菊，还有含笑
在冬日，反复打动我
一直心疼这些植物站在寒风中

见过那么多的大场面
一万人的盛典，十万人的狂热
归隐至与雀巢为邻
栖在苞蕾般的小屋
与时间絮语
滴水青瓦有鸟粪白蚀的痕迹
与我的白发一样白

瞬间，麻雀把谷子吃完了
又跳到凌霄花树的枯枝上擦着嘴巴

闲庭信步
又有三只麻雀落在院子里
叽叽喳喳地叫我投食

对不起
到我读书的时间了
把院子还给我
我坐在时间对面
看着阳光爬上树、攀上墙
麻雀在树梢上爱惜羽毛
木门老了
风大的时候会哐当哐当地响
铁闩也会偶尔咯噔一声
像我这一把骨头
每天早晨起来，拼凑一番
又可以挥霍
一天光阴

2021.1.17

春天词

春天已经全面接管江南
耕地机划过一垄土地之后
折射在犁铧上的一缕阳光
正式宣告自然界的春天来临

回归的白鹭紧跟着耕地机
饱餐地里翻出来的蚯蚓
喜鹊蹲在草丛中
啄食出来晒太阳的小虫
芦苇丛里的野鸭已经扎了几个猛子
认识春水
渡娘划了几趟木船
解开对襟衣扣最上面的一颗
春光乍泄

打谷场上的石碾
影子越拉越长
龟裂的土地中爬出绿草
春天已经全面接管江南
冷空气和热空气正在做交接仪式

2021.1.18

天亮了

刚刚有点天青色
一只麻雀在楼上的屋檐下鸣叫
立即，另一只麻雀在楼下的树枝上
叫。我翻过身，听见
一群麻雀在叽叽喳喳

昼夜近乎平分。今天是个好日子
应该是庚子年唯一的一个好日子
宜，所有
无忌

披衣，下楼
在院子里投食

做每日的功课，空腹，洗漱
燃灯，借灯火焚香
诵经，把内心打扫一遍
善念油然而生
把我记得真实姓名的人
的名字，念了一遍

时光每天多给我一炷香的工夫
攒起来，越活越年轻

平常拾到过麻雀的羽毛
还有一些废墟，今日拆除
一只橘猫踩掉一半的青瓦
另一半保留还是扔掉
今天该做决定了

2021.1.18

里和桥

晴朗的日子越来越多
里和桥南岸的老宅子有两百多年
里面住的两位耄耋老人
又熬过一个冬天

廊檐下
老汉扶着门框，右腿拖着左腿
迈出门槛
儿子扶着老太太出来
几乎是搂着
像老太太年轻时搂着蹒跚学步的儿子

两把绑了又绑的旧藤椅
一把铺着灰色的棉垫
一把铺着红色的棉垫
多一块枕头靠垫
前面摆着一张放茶水的小板凳
开始晒太阳的日子

有意思的是两把并排的椅子
不是被老汉拉开
就是老太太指着有红棉垫的椅了
叫儿子搬走
不坐在一块儿

老太太晒一会儿太阳，回屋子里
老汉又把椅子拉过来
两把椅子并在一块
哈哈，和这幢明初的老宅子相比
老人还是两小无猜的样子

冲着桥开门的老宅子，好硬的命
太阳常常从桥那边过来
陪两位老人，坐一个晌午
传说更早的时候
宋孝宗从这里经过
牵着陈妃的手
是不是抚摸过老宅子的顶梁柱
沾染上灵气

2021.1.19

高原反应

我必须早一点出发，避开昆仑山上
那些脱缰的大货车
和西大滩旅馆的老板娘告别
铁炉上的水壶烧着开水
刚刚冒气
十几个热水瓶在一旁站着
那些都是大货车司机的
我的保温杯确实有点油腻
壶里的水响了，我再等几秒钟
开水不响

老板娘扔过来一块毛巾，脏兮兮的
示意我铁壶很烫
这时我抬起眼皮看了一眼
老板娘穿着睡衣
把一排热水瓶盖一个一个地打开
在我愣着的那一刹那
她拎起水壶，往我的保温杯里倒水
她的乳沟很深

几滴水洒在炉盖上，吱吱地响
我一边拧紧杯盖，一边往外走
耳边不时地响起水洒在炉盖上的声音

吱吱，吱吱

想起来了，高原的开水不开

空气稀薄

2021.1.21

夜宿戈壁滩

入夜
绵延百里的天路
没有灯
干净的天空
缀满星星

黑暗是透明的
没有一块相同的石砾
这些从天空挤落下来的星体
中间
留下一条黑色的路

叩长头的人在离公路远一点的地方
搭起帐篷
板车的扶手伸向天空
祈祷明天的平安
一辆越野车慢慢驶下斜坡
尽量与帐篷近一点
熄火，灭灯

一只小狗在帐篷和越野车之间
区分版图

2021.1.24

夜宿莲池禅院旁

丑时四更，天寒地冻
木鱼声绕在梁上

那么多神都站着
除了布袋和尚半卧

他已经不惧怕黑夜
理解这个阶段的颜色
不孤独，每个人都在保护自己
寂静是这个时代的声音

不再追忆某些事情
真的忘记了某个人
出现过一次重大的投资失误
他大笔一挥
把一笔巨款从地球上抹去了

营造过几座寺庙
身体里还有废墟
久而久之，他是他的宗教
他做他的施主

至今布衣缠身
他挥霍了他打下的江山

剩下一堆柴火。一生还远

有一年在香格里拉
他遇见星辰陨落
身体突然通透、敞亮
从此，不与时间赛跑
让时光慢慢倒流

2021.1.28

苏稽的悬铃花

苏稽古镇
临峨眉河，一排低矮的旧房子
一棵悬铃木
我路过的时候，有一朵悬铃花
垂挂在树上
鲜红
比染过的宣纸更薄
那是一个夏天
坐在树荫下的一位老孃孃
说，这棵悬铃木有六十年
是她从山里嫁到这里来的时候
种的
听她说话
悬铃花动了一下

2021.1.29

买菜的路上

去菜场有两条路，一条经过寺院、莲池和山门
是青石砌好的，一路上有大大小小的狮子
一条是小巷，抄近路
经过酒坊，窑头至窑后
是青砖铺垫的，地上有车辙，墙头有小马灯

买萝卜、白菜、土豆、黄瓜的时候
从寺院门口经过
买鸡鸭鱼肉的时候，走小巷穿过
内心，还是有所敬畏

冬天，莲池结冰，湖上风大
人迹稀少。一个人拎着菜，像挽着包袱的僧人
偶尔遇见寺院里出来的师傅，侧身相让
其实路很宽。还是因为拎着荤菜，心中不安
渐渐，买菜不走寺院门前的那条路

小巷的路旁，旧房子下有人晒太阳
巷子口有挡风的墙。拎着菜慢慢悠悠地走
一个人拎着袋子的影子在青石上轻轻地晃
虽然路窄，互相谦让半个身子
如果穿上长袍马褂
正好搭配旁边明清建筑的房子

习惯站在典当弄的口子，歇一会儿
墙头的草枯萎了
巷子比别的巷子宽一尺，多两块砖
墙高出一头
没有留下一点明清繁华时代的喧嚣
典当的东西还可以赎回来，每次经过这里
笑一笑，人生若能如此，多好

买菜不走寺院门口，因为发生过一个小插曲
有一次，我买了一只乌龟，两条黄鳝
给朋友送行。海男老师劝诫我
不要杀生
其实，很多年了，我不杀生
不要人为我杀生
我修炼太浅

菜场有素鸡，本地的特色菜
我拎着时令蔬菜和素鸡穿过小巷
一位老夫骑着斜扛的单车
车筐里放着一红一绿两个褪色的热水瓶
丁零哐啷地从坑坑洼洼的青砖上骑过
打开水归来
我也想去买个热水瓶，买菜的时候
顺便打一瓶开水
据说那开水是用木桶打井水上来
倒在铁锅里烧开的
原来是烧柴火，现在是烧煤球

烧开水的师傅随时调整火候
从文火到烈火，再到文火
没有人打开水的时候，锅盖边捂着白布
剩下零星的灶火，保温
这样烧出来的水甜，好喝

后来，我偶尔拎着素菜和素鸡从寺庙门前经过
遇见过扫地僧

2021.1.30

渔夫的乌托邦

湖面有雾，渔夫敲击船板
赶鱼的声音
此起彼落

令人想起一路绝尘的马蹄
古人伏地听声

这里是江南，最远的声音是鱼的声线
来自波浪的方向
折射或者反射成水面的波光粼粼
极富想象力的几何形状
与波浪垂直

赶鱼的声线由木槌和船板组成
有时候，渔夫吆喝几句
声线触摸天空与芦苇
原始的高、中、低的声区
粗犷的嗓门
渔歌般连、顿、强、弱的声线

哗哗哗哗
渔网在船尾拖拉的声线
嗖嗖嗖嗖
拉网的时候

粗糙的手指那么轻柔

雾中

静静倾听渔夫的乌托邦

2021.2.1

棋

天空是一盘很大的棋
太阳是将，月亮是帅
白云和乌云扮演车、马、炮
等等，象形文字
杀得天昏地暗
大山盘腿而坐
观棋不语

在珠峰大本营
我看到另外一盘棋
满天的星星
执白先行
寺庙的鼓槌若嘀嘀嗒嗒的读秒声

还有一盘棋由五粒石子组成
泰山，华山，衡山，恒山，嵩山
玩于大地股掌之中

我也走过一盘棋
棋盘画在吃饭的小方板上
那是一盘军棋
我和父亲各占半壁江山
每次吃饭的时候，母亲把棋盘翻过来

把我和父亲的江山

压在饭菜之下

2021.4.4

究竟涅槃

玉佛殿的门檐下悬挂四个大字：
究竟涅槃
顿生敬畏。我停住脚步，双手合十
在记忆中搜寻这四个字的词根
来源《金刚经》的无余涅槃
究竟就是十分彻底的意思
经历分段生死、变易生死
从生命到菩萨，从菩萨到佛

我没有入殿
在台阶的石板上叩三个头
转身
我这样的人究竟是无法涅槃的
释迦牟尼佛半卧在莲花台上
望着我
笑眯眯的

2021.2.7

色空

二郎神庙的门前有两棵杏树
一棵是空的，另一棵树上的鸟巢
筑了一半，也是空的

二郎神庙的栅栏上有一把锁
反锁着，空的
良久，一位僧人抱着一床被子
搭在庙前石狮子的头上
晒被子

一阵风撩起被子的时候
石狮子咧嘴笑了

2021.2.17

雨水

一位老太太在弄堂口烧柴火
炊烟笔直，春风写意

往前是山门
两根石柱守着吴越春秋
莲池里的最后一支枯荷倒在水中

寺院的钟声
准时落在半空
极其微弱的
嗡嗡嗡嗡，犹如附体的神曲
一直没有另外一种声音
替代

江南毫无新意，甚至雨水这天
没有下雨。赶路的人与
赶路的人，一个搭着雨披
另一个夹着雨伞
从酒坊弄到窑口巷，一步之遥
两百多年

2021.2.18

窑弄口

窑弄口有七八间房
住着两三户人家
其余的房子年久失修，没有人住
冷火秋烟。锁早已经生锈
最里面的一间房经不起岁月的洗刷
半边墙，塌了
两百多年前的老房子，梁木完好
门板散架了，剩下的两块木板
趴在地上，门框还撑着

窑弄口
一头七拐八拐，很神秘
一头是码头
南来北往的船，上岸的都是见过世面的人
倒掉的房子里原来住的是这些人的相好
有的被上岸的人拎着银子赎走
有的私奔
走不了的吃完青春饭，卸了胭脂
回老家了

窑弄口一面靠河，三面无人
船夫歇脚的地方
后来东面有酒坊，南边有饭馆
西边是客栈

窑弄口的风水堵塞了
只剩下北边一条走到黑的水道
没有人气，房子撑不住
剩下的两三户住着外地来的人
到处挤着垃圾
一场春雨，倒掉的梁木黑乎乎的
斜靠在墙头
嫩草在石缝中
三三两两地长出来了

2021.2.20

她们

她们把岁月藏在红红绿绿的头巾里
在村口蹲着，或者搬一块石头坐一会儿
卖菜
她们那个年代的人，很少站着
做一辈子小媳妇
晴天也是穿着雨鞋，五颜六色的
褪到脚下的爱美之心

天刚刚亮
去地里摘青菜、拔萝卜
去古老的小河边清洗菜根上的泥土
挑着担子经过寺院门口的时候
僧人买几把青菜
她们总是不肯收钱
收下钱，又补几棵青菜在僧人的篮子里
嘴里还在念叨阿弥陀佛

她们一年四季
和那些到乡下来游玩的阿姨讨价还价
菜叶上的一滴露水，让这些城里来的人
惊叫半天

2021.2.23

同觉寺

进门是一块瘦骨嶙峋的石头
像一位在此打坐已久的仙人
仙骨上刻着四个字
“来此作甚”
问风
问雨
问时间

我来此问道

问佛
问菩萨
问各路神仙
问建文帝如何以僧人的身份恢复帝业
从山门一路叩首至僧伽蓝
进门撞见一块石碑
一位路过的扫地僧
扛着扫帚，在天空中写下一个字
“无”

2021.2.24

过庵桥

庵桥因为对面曾经有一座庵的山门
而得名。山门是空的
尼姑和香客的必经之处
庵桥上却实实在在地筑起一道石门
两边布满铆钉的石墙

如今，山门没有了
尼姑仙游
石门还在，两扇木门早已经
无影无踪
一位艺人，坐在桥的台阶上
拉起二胡
从口袋里掏出几个硬币
抛在脚下，诱惑过路的人
偶尔有问路的人经过
放下几个买路钱

石门两边的石墙有三丈高、八丈远
像翻开的宋史
太高，太招风
有三寸长的铁扣，一排一排
铆在墙里，拴住墙
担心被风推倒

2021.2.27

和僧人聊天

我挪了挪蒲团，离菩萨近一点
把膝下的黄金
交出去

木箱里有功德
投了一点零钱
攒一点功德

香火头不要对着菩萨
油灯火不能用口吹灭

僧人和我聊天

春天来了，净瓶里的
杨枝已经换了新的
观音继续送子

赵明公继续分配人世间的财富

僧人和我继续聊天

墙角处有一个从前的功德箱
太小。一张从前化缘的桌子
四条腿，一条腿缺了
从来没有出过远门
一把椅子
垫在下面

和僧人聊天的时候

我一直看着墙角的那一堆杂物
椅子下有一张蜘蛛网
住着一只蜘蛛

2021.2.27

毛毛雨

毛毛雨。一把伞撑不住两个人
我湿了右边肩膀
你湿了左边肩膀
后来，我戴上羽绒服的帽子
你一个人打伞
其实雨不大，忽东忽西
毛毛雨，沾在衣服上
像白白的绒花

我去路口买菜
你说去路口接一个人
我们是邻居

我拎着菜往回走
你挽着一个人的手往回走
我们看了彼此一眼
没有说话

我没有戴帽子
让毛毛雨沾在头发上
你和那个人肩靠着肩
毛毛雨沾在另外半边肩头上

2021.2.28

古窑遗址

古窑的西北角坍塌
东南角有人爬过的痕迹
古窑啊! 像一个驼背的老人
矮了半截的烟囱
像老人拄着一根高出一头的拐杖

这位老人在这里住了六百多年

风吹来的种子早已长成大树
杂草丛生
散落的残砖碎瓦
老人明朝时年轻
清朝间年壮
民国期间跌了一跤
后来，粉碎性骨折

如今，这些懿旨的金砖无一完整

我捡了半截金砖、片段金瓦
像从老人的口袋里
捡走了两本历史书
…………

2021.3.27

渔妇唱

宋朝落下的一滴墨迹，已经是一座古镇
特有的白霜和霉苔
正好是江南的霜降和黄梅季节
千年糯民的吴侬软语，是江南的母语
在古镇的湖边，渔妇的方言里夹杂着糯语的词根

芦苇荡已经是生活的边缘
摇着船橹的渔妇
一次又一次向清澈的湖水
弯下腰
把一个一个的鸭蛋捞起

回到岸上，一手挽着藤篮
一手拎着杆秤
古铜的秤盘，另一头压着生活的铁砣
湖水冻皴的手又被湖风割裂
习惯攥紧的拳头和橹柄一样粗
只有把鸭蛋捡到秤盘上的时候
渔妇像母亲抱起婴儿一样
轻轻，轻轻

2021.3.3

借黔北

明日借道黔北，秦商喜欢
这个地方。挑一身素衣
绑腿，紧口布鞋
计划中的粮袋和水壶
放弃了。黔北的小高粱
赤水，独一无二

如果明日到黔北，见到的
也是秦商摔碎的大花碗
和僰族人的后裔
我放下挑着行李的树干
怕打坏了大街小巷的
坛坛罐罐

借黔北，马桑湾，四方井旁
一席之地，日数不详
君不见，天上有来水
解开随身的包袱
几件换洗的薄衫
惊扰这么多的水

2021.3.4

我种的薰衣草

一丛薰衣草，住在窗台上
眺望普罗旺斯。初春的天空
略显空旷
有地中海的蓝色底蕴
两瓶交叉斜卧的葡萄酒
营造一种法国南部的气氛
让薰衣草找回故乡

我种的薰衣草
来的时候近乎一把干草
孤单，自卑
缺少名字的浪漫
如果不是中途夭折了两株
不知道应该活成什么样子
这一群漂泊在外的薰衣草
弓着腰，脊骨侧弯
小心翼翼

今天早晨，薰衣草
开花了。蓝紫色的精灵
降临在窗台上，葡萄酒的
颜色与冷静。没有风
长出风的样子，摇曳
起伏，暗送淡淡的清香

草原遥远。我甚至安排好

有一天，薰衣草累了

被太阳吸干水分

蓝紫色的灵魂

与我交换早已缝好的香袋

2021.3.5

云端筑梦

在飞机上睡了一觉，我知道
怎么上来，怎么下去的道理
中途的颠簸过程
我正在深度睡眠中
丝毫不去想自己控制不了的事
直到梦中抓空某一样东西
在身体失重中醒来
刚才正午的太阳在左舷
现在被右翼割开，黄昏如血
我怎么一点也不恐高
反而害怕低洼的局限性
甚至想，如果在云端盖一间房子
养一些牛羊，种一些蔬菜
多好。为什么不呢
从海拔四米的地方，到
海拔一千米的贵州高原
平整一块地，围一个院子
不打井，到附近的溪边舀水
我喜欢这种住在云端的生活
当飞机慢慢降落的时候
我的粮食、蔬菜和水源
都已经等在黔北一个小镇
的河流上

2021.3.5

酿酒传人

深居简出的酿酒人
谈五行，谈
天藏、地藏、水藏、洞藏、窖藏
谈古代的盐井、马帮、酿酒
近代的战争，忠孝，红色
和当代的国酒
其中谈到太平天国时火烧茅台镇
红军四渡赤水时的安民告示
山里人最直观的分辨是非好坏的办法
清朝盐督华联辉因为母亲好一口酱香
替母亲买厂酿酒
感人肺腑
酿酒人已经是第七代传人
颇有酒的仙骨
说好中午不喝酒
去赤水边上的那一家吃紫云牛肉
席间，他悄悄告诉我，原来存了几坛老酒
藏起来了
大儿子好酒，一顿能喝两三斤
他说，晚上我们开坛，喝二两
一言为定

2021.3.6

大坝寺村

路过一个叫大坝寺的地方
无坝，也无寺
这个古老的村落，错落有致的几户人家
依山傍水
一条摆渡的小船，木桨挂在船头
过渡的人背着竹篓，自己摇船
把船绳系住黄桷树
回来的时候，放下满满的竹篓
把船摇回村边

春水和青草一样慢慢生长
大坝寺的人祭水
水中有坝，河水没有泛滥
对岸是一棵三百年大树
大坝寺的人过渡，烧香拜佛
供树
树中有寺，远看是一尊俯身舀水的
佛

2021.3.8

想起母亲二三事

此刻，我坐在长江的源头
想起住在长江边的母亲
想起母亲的二三事

想起母亲给我喂饭
我的小手抓扯系在脖子上的布兜
我不肯吃饭，母亲一勺子一勺子地
喂我
这是后来母亲说给我听的
我小的时候，母亲给我倒洗澡水
总觉得烫烫的，母亲把我摁在脚盆里
我的屁股沾上水就往上跳
这是我模模糊糊记得的
最清楚的记忆是母亲给我洗脸
摁住我的头，使劲地擦我的脸和脖子
一边洗一边说：再不洗都快成煤球了
终于有一天，母亲递给我一块毛巾
让我自己洗脸

我坐在长江源头，和江水聊这些往事
不知道住在江边的母亲能不能听见

2021.3.8

三岔河

听说你的源头遥远
天高云淡

充满魔幻的一段
神一般地住在这儿
三岔河

我在这里认识你
多好

油菜花又逢春天
蜜蜂还没有来得及相亲
豌豆苗鲜嫩，几朵紫白相间的花
发簪一样插在坡地
春水尚浅，半掩着河滩
鹅黄的野鸭，翘起墨染的尾翼
咕咕咕咕，发出求爱的叫声
一大群燕子，正在低飞
象征有一场雨

魔性的紫云，落入河水
空气间弥漫着致幻物

每一块紫红泥怀抱赤水

深居简出

2021.3.10

另一个我

隔一段时间，去一趟酒窖
这是一个贮藏岁月的地方
幽暗，薄薄的阳光斜映在栅栏外
酒很安静
抿一口，就会告诉我
他们的生日
越是年长的，越舍不得打扰
好啊

有时候，为朋友开一坛老酒
我先站上垫脚的木墩，侧耳倾听
有赤水平静的呼吸声

淡淡的黄来自粮食
好酒念旧，挂在半爿舀酒的葫芦上
充满灵性。好酒可以堆在杯子口
可以开花

在酒窖待得时间久了，人会安静下来
与酒交流
就像我常常坐在赤水旁
或在小高粱地
与河水、粮食沟通

我喜欢看酒中的另一个我

清澈如镜

2021.3.11

摆渡

到黔北来的人
翻山越岭，关心的是水
早已经禁猎，野鸭和白鹭
回来了。还有绝迹的飞禽
我问摆渡的人，也不知道名字
这些藏进山里修炼多年的神仙
回到河流
有的泊在水上打坐
一只鸟像不分昼夜的神秘租客
总是把影子锁在水中

摆渡的人，裤管空荡荡的
右边的大脚趾暴露在绿色的解放鞋外
一勾一放
命运与流水更近
眼神中有暗涌一样的忧伤
偌大的山，偌老的河流
他摇着桨，我坐在船的中间
已经是正午，我是第一位客人
山里修路了，很少人坐船过河

千百年来，一条没有筑坝的河流
黔北的水
干净

我趴在船沿上，掬起一把水
像捧起这条河流的骨肉
又从手缝中还给河流
空荡荡的

2021.3.12

低过尘埃

一只白鹭有没有忧伤
这是它的秘密，若无其事
站在旁观者的立场
绒毛充满魔幻，柔软的神啊
在三月的河流上
安静的早晨，没有人知道白鹭回来
反复盘旋之后
算是划定了它的水域
一座寺院的四周
空气清冷，芦苇倒伏
莲藕还在泥中，但是水下已经有声音
万物蛰伏过后
沿着小雨生长
一根船绳、一支木桨、船
心事重重地反应在水底
与谷物相比，白鹭单纯许多
但是从不拒绝站在船头或紧抓船绳
这些可以借助的高度
尤其是泊在水面的时候
终究是需要食物的
弯下身子，甚至低过尘埃
去发现一条过路的鱼

2021.3.13

鱼的语言

我想告诉鱼，你不是在同一条河流中
那些你曾经历的，已经流走
以后你还在水中，但不是从前的河流
过了一天，水草会成长
青苔围着石头，又老了一岁

记得我伤害过鱼，把一条金鱼
养在鱼缸里。作为宠物
后来，我放生过九十九条鱼
经常去城隍庙
给九曲桥下的鱼投食

我是生长在长江边上的人，自然知道
鱼从哪里来，鱼将去哪里
没有一条鱼从头走到尾
都是生长在自己出生的水域
每条鱼都是逆流而上的勇士

鱼住在水做的房子里，没有白天和黑夜
生儿育女，自生自灭
我想告诉鱼，曾经给我的美好回忆
一个少年坐在书桌前读书
一条金鱼在窗下的鱼缸里
穿着一件粉红色衣裳
游来游去

2021.3.13

一把竹扫帚

在茅台镇三年，小心翼翼地
去过一趟寺庙
又三年，没有再去。心存敬畏
那天也是隐身去的，只有菩萨知道我来过
在菩提树下
遇见一把竹扫帚

本来是想看看住在四合院的圣人
拜一拜弥勒佛、四大天王和韦驮菩萨
但一场小雨，让我在一棵菩提树下
止步。这是天意

地上干干净净，扫地僧的竹扫帚
靠在菩提树干上，一半已经秃了
在寺庙里，万物不分高低贵贱

竹扫帚的庙堂在尘埃中
这是转世的神灵
我没有再去，在尘埃中修行

2021.3.16

茅台镇山脚下的凉亭

在茅台镇有一个岔路口
大娄山脉四座山的交叉处
山里上了年纪的男人和女人
把新鲜的野菜背下山来
折耳根、蒲公英、刺儿苞
柴胡、春笋、蕨菜
赤水边散养的鸡、鸭
那些竹篓挤在路旁
背带上有汗渍
仿佛把山水搬到这儿来了

山脚的凉亭是歇脚的地方
喝口水，互相打听一下菜价
约好一起去镇上买点东西
凉亭有几百年历史
男人抽一口山里的烟叶子
又递给旁边的女人抽一口
聊起谁家的媳妇生了娃
谁家的母猪下了崽

那些沾满露珠和雨水的野菜
每一种都有一个山里的故事

原来那些无名的草，或者草根

到镇上来可以卖个好价钱

山里人穷，不会花钱买化肥

一把青菜可以闻到山里早晨的青涩

打开布袋，捡出一个又一个

竹林里找回的鸡蛋

沾着野草

走过凉亭，空气中就是酒味了

2021.3.16

我们沿着这条河流

亲爱的，我们沿着这条河流走过
这只是古老爱情中的一段
上游的水太稚嫩，那个时候你还是
一条暗河。命中注定要在这里汇合
成为同一条河流，所有的快乐
融化在一起。无数的波光粼粼
多么美好啊
亲爱的，这里荒无人烟，不缺乏生命
野鸭和白鹭，燕子和山雀
都在举行婚礼。我们无意中成为
神灵的伴郎与伴娘
这里少雨，多雾，有一条渡船
河水缓慢，仿佛我们生怕走完这一段
幸运的是我们来自没有大坝的上游
虽然贫瘠但不算坎坷
依偎在一起吧，趁夜色正好
大雾没有降临，我们挽着彼此的手
在浅滩上，碎步声在河谷中清脆如蹄
再拥抱一会儿，毕竟今夜无风啊

2021.3.17

春分之夜

两根半人高的竹竿
交叉扎着，靠着灰墙
撑住一株瘦长的蔷薇
青涩的新芽，抽出嫩枝
已经肩比黛瓦

习惯夜深人静时站在台阶上
听万物生长
蔷薇四处扩展
皮刺越来越老练
我想把蔷薇引向另一个方向
被刺戳一下

夜色撩人，蔷薇产生外出的念头
已经爬满半边墙
开始靠近栅栏和窗口

等到六、七月份
墙里墙外，蔷薇盛开
想象一场雷阵雨后
一地落英
世上有多少爱
会不会有少失落

2021.3.20（春分）

空中取物

从三楼到一楼
没有开灯，没有借助扶手
拉开佛龛的抽屉
摸索一盒火柴
在黑暗中时间久了
总有一些事物幽灵一样存在

拈出一根火柴
触动到这个时间段的几个关键词
菩萨保佑，阿弥陀佛
和相关联的词
阿门，上帝保佑
神性的东西都能找到词根

火柴在指定的时辰点燃油灯
不要轻易去看闪光的东西
不要轻易解读事物的内涵
练习空中取物

天是自己亮的

2021.3.21

漂泊者

湖中
一根长竿插入水底
形同虚设的岸
船和日出构成的十字架
仿佛耶稣受难时的表情
几排苍老的黑砖压在舱底
风浪大的时候
压住船的摇晃
三股麻绳拧在一起
认真地拉住甲板和长竿
一只白鹭站在船头
反复确认湖水中的另一个自己

2021.3.23

半缸春

黛瓦在水缸中划出一道虚线
从这种视觉中，会发现光线的凹凸
听见陶瓷的回声
这种感觉的独白是一口来自陶泥的
水缸，与自然重修旧好

半缸无根水
已经是全部春天的总和
没有什么特别有意义的事情发生
一片落在水中的竹叶
像一排竹筏

我一直没有出场
或者说我是那半缸水
或者说我是另外半缸虚无
我愿意做一叶竹筏
水缸容得下我的想法
又容不下我的肉身

2021.3.23

雨中，屋檐下读书

世外桃源还是有的，满院子的花草
不说话。我拉把椅子坐在屋檐下
读书
读一句，小雨下一阵子
木门和我在屋檐下
这两样东西有点陈旧
门板上钉着两颗钉子，也锈了
右边门板上的钉子挂着一片腊肉
烟熏的；另一块门板上
挂着一把稻谷、三根丝瓜瓤
再过些日子，可以种了
雨中，我在屋檐下读书
我读一句，藏在黛瓦下的鸟读一句
风把门推开三次
我一边读书，一边随手掩上木门
读完书雨便停了

2021.3.24

走古窑

老运河最狭窄的一段
旧码头上已无驿站
再往前走
就不是运河了

南岸和北岸两座古窑相峙
乡关的油菜花竞相开放
远远望去，野草和杂木
掩盖着凸起的窑炉，烟囱低矮

一路小跑
我是追赶着夕阳去的
一把一把地抓住草丛
爬上窑顶，正好赶上日落
烟囱顿时苍劲有力
垮塌的洞口黑乎乎的
藏着一些好奇

夕阳在运河的尽头
咽下最后一口河水

我狼狈地从陡直的窑顶滑下来
压倒一片油菜花
还有蒲公英沾在衣袖和背后

隔着运河，另一座古窑

怔怔地

打量我这位不速之客

2021.3.25

一个理想主义者

我供养过什么？除了岁月
好像一事无成。女儿是我
供养的一段快乐时光

梅兰竹菊，是掌上明珠
经常撒一把米给冬天的鸟
为小镇上一年生了两胎的流浪狗
送食。五花八门

旅行还是漂泊，空虚还是寂寞
这些都是需要供养的
虚无的东西每天都在消耗精力
一个理想主义者
供养着一块比较贫瘠的精神世界
另一块烟熏火燎的现实生活

我最后供养的一样东西叫船
河流已经退到远处
我经常打几桶水，养活这一群
搁浅的木头

2021.3.27

山楂树之恋

小雨，容易带跑主题
路边的一家火锅店
我喜欢这里的甜水

找一张靠墙角的小桌，无窗
简易的木板墙
先上一扎山楂汁，名：山楂树之恋
冷凝水冒着气
冰块略微高出平面

慢慢啜饮

勾了鸭血、冻豆腐、豆苗、毛肚
微辣

一份主食，红糖糍粑

一个人影从山楂树之恋经过

2021.3.27

酒作坊

酒作坊巷是一条街，与另一条
巷子，相隔三尺
两家各垫半爿石板
十三个旧门框镶着十四块破木门
靠河的那扇门有两块门板
明清时期是一家驿站
南来北往的风大
窗下，长出一棵油菜
开着小黄花，清静无人

酒作坊曾经是大户人家
三尺之外被人做房子，改了风水
一座两百年前的私宅
一层土坯，二层木楼，顶天立地的
栋梁，黑漆漆的
破败了
大门上的栅栏很高，糊着薄膜
踮起脚尖，可以看见里面
半遮半掩的隐私
幽暗的墙角下有一口水缸
木盖靠边的一块木板是分开的
生活总是这样留一个缺口
裂开的红色勺子
被细小的铁丝缝起

漏下的水在水缸里重逢
右边斑驳的墙下，依着一张八仙桌
横竖钉了几根木条，支撑着
左边栋梁上的铁钉挂着一条稀拉的毛巾
结实的长木凳，四平八稳
洗衣服的木盆，矮了一截
应该是被修理过
木杵又秃又短
捶衣服的地方磨损了一圈
盆里有肥皂水，泡着灰色的袜子
和棉布做的老式内裤
旁边是一块光滑的肥皂
这里住的是一位怀旧的人

上楼的木梯，被一堆杂物
挡着
老气横秋的拐角扶手上
结着一张复古的蜘蛛网

一扇虚掩的木门，我轻轻推开
木轴吱呀吱呀地叫
门里有灶台，沿边摆着锅、碗、瓢、盆
斑斑点点，凹凹凸凸，擦得干干净净
有人生活
我拉上门
木轴的声音十分清瘦
柴火的烟火味和蒸笼煮米的稻香

古老的气息，关在屋子里
这些没落的，有些腐朽的东西
一直吸引着我
我也偶尔在酒作坊门前的水井里
打一桶清亮的
泉水

2021.3.28

月亮下的樱花树

月亮下的樱花，简约而轻盈
远远望去，像黏在树枝上的月光
换一个角度，月亮在樱花的背后
三月的风今夜拴在空中，飘荡
偶尔有樱花闪落，不经意间闻到
清香。走近才会发现，地上
零零散散的樱花，又像月亮从瓶口
散向人间的花。月亮里坐着菩萨
纤细的手指轻轻一弹，树枝微微
颤动，满树的樱花争先恐后地
下凡人间。樱花也有黏人的时候
头发上，肩上，衣襟上，其中一瓣
吻在我的嘴唇上。这神圣的天意
是夜，只有一棵樱花树站在三月
一轮明月照我。万物已经入睡
我的脚悬在半空，不知落在何处
樱花寂静无声，三月的小夜曲
已经响过熄灯号。月亮换了一个
角度，地上的月光围绕着樱花树
樱花怀抱着月光，我一脚踏空
在三月，是夜，月亮下的樱花和我

2021.3.29

母语

黑夜是一种语言
与白昼争论太多
静下来
听听黑夜怎么说

黑夜没有鸟鸣
但有蚂蚁经过的声音
黑夜的谎言比白昼更多
每一颗星星都经不起推敲

大樟树突然发出哗啦啦的声音
老实的麻雀被松鼠追逐
树下的桥沉默了八百年
河水不会因此断流

客栈老板娘养的两只八哥
罩在比黑夜更黑的笼子里
不说话
鹭鸶披着一件黑衫
站在船头，有圆月做背景
听鱼的母语

沉默的土地
是母语的发源地

天空总能找到适当的语言
让人相信每一颗星星
的宿命

2021.3.29

入三摩地

三生万物，包不包括尘埃
佛教也分派系

瑜伽叫入三摩地
藏传佛教称入定

唯有暖在，是一致的

简单地说
灵魂清理身体中的废墟

早晨经过金沙江路
过入三摩地
一群人在烧香叩头
昨晚跳广场舞的也是这群人

2021.3.30

托钵

佛陀用石钵
僧用瓦钵
外道用木钵

托钵行脚
资养色身

昨天，一位僧人告诉信徒手托钵底
吃相好看一点……

2021.3.30

平原帖

平原的耕地广袤，陌上花开
远远近近，树枝上的雀巢
在阴柔的雨中
小处落墨

许多柳枝，刚刚泛黄
一头黄牛，一把犁，一位农夫
手扬起的时候
应该有鞭子在半空绕道一圈

古老的河道
黄土借着风继续流淌

村落还是红瓦白墙
泥垒的院子
隐约感觉，老槐树的黑枝
有点青色

车过平原
轱辘的声音格外孤独

2021.3.31

长安街

趁四月风轻，夜深，我走了一趟
元朝大都
在二十米宽的泥巴路上，从东边城墙
往西边墙城走 1507 步
又从西边城墙往东边城墙走 1742 步
这条 745 年前中国最宽最长的路
等我走完的时候
已经月挂中天，刚才看见的一些黑影
卧地而眠，这是不是最早的铺路工人
东西相峙的牌楼，在月光下
依稀可见墨汁未干的繁体字
长安街
掐指一算，我已经穿越至明永乐十八年
我套的一双布鞋
底太薄
脚板生生地被准备铺石渣子路的石头
顶着痛
那一年，紫禁城落成
我还是个穿长布衫
留长辫子、蓄山羊胡子的骚人墨客
一边走，一边吟诗
摇着一把旧纸扇

2021.4.2

危险的休息

我把椅子拉到门檐下
等待阳光照耀所有花草
然后，慢慢覆盖我

时常这样，翻阅书
戴着眼镜，右手拿着一支水笔

越来越讨厌
我冬天投食的麻雀，聒噪，随意拉屎

修行是我的薄弱环节，还有反感的东西

阳光爬上我的衣襟
温暖抚摸着我。一座假想的石头水磨
已经干涸

蜡梅吐出嫩芽，使我想起雪
半缸春水，月亮还在水缸里
我陪空气坐一会儿

这是一种危险的休息
时间的光圈在缩小
在沉默中沉默

原谅自己，做一个好好晒太阳的人

风翻着书

我在人间织着阳光

2021.4.4

装书柜

把书柜拉回来，拆除包装，摊在客厅
决定自己装。打开陈放已久的工具箱
锤子、扳手和螺丝刀已经生锈
这时，沏茶的水翻滚起来
几秒钟之后安静。我需要泡一杯茶
一边品茶，一边观察这些木板、木榫
如何与这些生锈的东西联系在一起
一片茶叶在牙齿间反复咀嚼
我仿佛走入一片陌生的森林
然后又种植一群即将盘根错节的树
锤子、扳手和螺丝刀像伐木工人
让每一块木板找到自己的位置
我往茶杯里添一口热水，让茶
再泡一次。整整一杯茶的工夫
我让李白、杜甫、白居易……
住进新家。他们游历的
山川河流也搬进我的书柜
我又品一口茶，茶叶应该来自
森林，与书柜和书是一个大家族
最后，我把一块手表放在书柜上
在古老的森林中转动，滴答滴答

2021.4.5

阳宗海经（组诗）

上善若水

未知的一片水域，你说是海我也相信
即使是肩窝里的一滴雨水
我也要扛着我的小舢板
去！还有什么比一片水好
还有什么比一个叫海的名字好听

我无法想象你的柔软，蓝色的
略带忧伤，站在日落的地方
香肩上透明的丝巾，隐约可见
销魂的锁骨

说了好几次，我记不住你的名字
但大约能够猜到你的样子
在夜色下，苍茫的背景
海草正在黑暗中翩翩起舞
一万只孔雀的眼睛闪闪发光

我想好了，穿一件白衬衫去见你
双臂上扬，一副海鸥的样子

海的魅力正在于未知
可以听见母语的声音
最原始的风藏在海底的秘密

神灵的水正在召唤我

我还是向朋友反复打听
海的样子，海的颜色，海的温度
因为我知道，海的无常
海是极度悲伤的产物
所以前所未有的包容

但是我十分镇静
我相信水
虽然我还没有见过你
但已经找到一条水通往海的
秘密誓约

2021.4.6

天空之城

我和天空一起
日落之前赶到阳宗海
苍穹早已经在沙滩以外黝黑的地方

支撑起帐篷，星星点灯
南乌孔雀鼓正在拍打这里的密语

天空归来，假寐一会儿
我投奔此地，小住数日

和天空一起沐浴
一棵大树凿空的小舢板
像不像一道可有可无的门闩
吊在半空
又像一件天空的法器，魔幻般
时隐时现

天空和时间的衣服被海水取走
所有的灵魂都是无邪的胴体

没有人告诉我这是一座天空之城
日落于此，月亮和星星
于此。鲜花扎起的一面镜子
空中取物

风有穿墙之术
海水直接取走了我的灵魂

那些村庄、寨子、部落、土司、酋长
海是他们的全世界
他们围着海走一转
就是围着世界走一遭

多像一位临盆的女人
总有新的生命即将诞生
丛林正好掩映在天空之城的
私密处

2021.4.7

彩云之南

一说去云南，行李里的衣衫立即薄了
昨夜写给阳宗海的情诗和我一起坐在
飞机上。蓝色的波光驾着五彩云霞
幻想，村庄是不是神秘的山寨
有没有土司，波浪越来越妖娆
花儿与蝴蝶采集奢侈的爱情
听说昨天来了一场大雨
一株蘑菇打着伞
在废墟上伸展瘦小的腰身
我的心情顿时古老、荒凉起来

我尽量找一些形容美好的词语
使尽解数发挥我最擅长的想象力
芭蕾舞的足尖戳痛的红土地
找回一段蓝色孔雀的经典悲剧
巫术到底把灵魂带到什么地方
没有人知道，秃鹫可以随意带走
人的肉体。借用禅宗的文化符号
我一遍又一遍沿着茶马古道往西
再走一遍

此刻，飞机衔着白云在飞行
蓝天在飞机的上方
朋友捧着鲜花等在远方
一场低调的笔会，即将开幕

我带了炭笔和绘本，原始地记录一下
原始
刚才，大卸八块地小寐了一会儿
多年悬而未决的事情
从舷窗抛到九霄云外

深入秘境之前，飞机在上空盘旋了三转
这个季节是俯瞰梯田最美的时间
宛如神灵之手留给后世的不朽之作
蜿蜒绵亘的森林，玉带一般的河流
飞机低一点、再低一点
那一片蓝色的
美轮美奂的是阳宗海吗？彩云降落的
地方

2021.4.8

万物相安

清脆的鸟鸣叫醒了橙黄、水红的樱桃
山依然如土著人说话一样平缓

蓝色的海水
仿佛伸手可及
一位农夫告诉
抄最近的小路过去需要一个多小时
我还是一如既往

不知道水的深浅
好吧，我往前走一点点
走一小段阳宗海的历史

鸟鸣把我引入丛林深处
小木屋、栅栏，芦苇和荻
历史需要这些细节和佐证

丛林中万物相安

2021.4.9

滇越铁路阳宗海站

那就是一幅法国人带过来的油画
匆匆忙忙走了以后，遗弃在丛林中
一棵参天大树伫立在铁路一个大的
拐弯处，火车从远处来的时候
司机看见这棵树开始鸣笛。这
都是画外音。黑烟囱冒着白烟
站台上早已经长满百年的草
一座黄色的站台，一根电线杆
撑着一个圆形的灯罩，像一位牧师
脱下礼帽，一只手按着《圣经》
这幅油画原来的房子是有门窗的
已经被人从画中拆除。那些杂草
悲悯地活在站台上，原来是一群

等车的当地人，没有等来最后一班
列车。直到一个背着竹篓的人
出现在画面，沿着铁路从远处走来
矮小的身材，戴着一顶洗得发白的
帽子，满脸苍凉与荒芜，一件旧棉袄
等他走到我面前的时候，一双手
裸露的青筋，十个指头上尚未洗净的泥土
可能一直如此。他的背后是阳宗海
上空的蓝天和白云。诗人阎安上前
递过一支烟并且帮助点上。我想起
罗中立的油画《父亲》

2021.4.10

阳宗海经

一群麻雀在樱桃树上谈论陈色
这涉及口感。谈论樱桃的半径
涉及麻雀的口的张合力
每年都有一次关于生态的讨论
生命就是这样，坚定地执行
丛林法则。这是关于山的部分

山下的阳宗海有土著鱼与外来鱼种
相安无事，水的腹部充满诱惑
寂静是一种修为，不经烟火的生物
和时间一起生息，神灵在反复超度

至今没有一个准确的答案，高原之上
为什么称海？这是完整的江山社稷
江海湖泊，应有尽有，神话、巫术
每年的祭祀，众生顶礼膜拜

一切都在天空之下，时间在海底
每一位打水的人，俯首称臣
阳宗海的螺蛳沿着海边为佛陀建造寺庙
群山很忙，每个春天都生儿育女
来阳宗海数日，听诗人海男讲
明月怎么升起来，太阳怎么升起来

2021.4.11

七甸的樱桃红了

如果在挂满樱桃的树下，摆上桌子
有老酱、卤腐乳和一碗豌豆粉
算是到了云南七甸，最珍贵的客人

想起来的路上，遇见一大群山羊
这个地方原来叫羊头坝，一个美丽的
山间小盆地。如果请家住古驿道上的
民间老艺人，唱一段云南花灯曲
《十五贯》，已经是七甸人的朋友

压弯树枝的樱桃红黄相间

围坐在院子里的矮凳上
伸手摘下一串红润的樱桃
津津有味地听女大学生村官讲这一带
两个古老村落的故事
飞来的寺，淌来的钟
两个姓氏的命运由三炷香
的烟火在风中飘动的方向决定
说是时辰已到，有一个姓氏
必须离开故里
命运的变化有时候就是一炷香的工夫

甸是城外更远一点的郊外
古人从昆明城过来，到了七甸歇脚
法国人建的滇越铁路，铁轨虽然窄小
跑马圈地，在这里来弄了个小火车站
七甸人用板凳龙镇服这些外族的东西

古老的土墙上挂着一把陈旧的阮琴
打听这把琴名字的由来，擘画一段历史
时光的低音中，樱桃红了

2021.4.12

登梁王山复古

在梁王山顶，我发现一根时针走出时间
群山如散落的齿轮

盘旋的发条在山路上
带动齿轮，推动分钟和秒针
历史是机械的轮回
瞭望塔和人生螺旋上升

时间是悲悯的
漫山遍野的神灵
石头守卫着江山社稷

梁王走了以后
滇牡丹低调、高贵
这些散落在人间的美人
时间不会乘人之危

时间是有颜色的
梁王山剩下的最后一匹黑马
在红土地上踢踏
听说去年还有另外三匹高大的白马
在一场大雪中走失
应该是追梁王去了
一匹忧郁的黑马在等待中

江山如故，只是换了人间

2021.4.13

关索戏

很有意思，每个角色都是父子相传
跑龙套的跑龙套，做天子的一直做天子
打鼓的一辈子打鼓，敲锣的几代人敲锣
眼下正好农忙，演戏的人扛着锄头来了
在村头的灵峰寺集合，把锄头靠在墙边
民风好生纯朴

穿上戏服，背后插上令旗，拎起刀盾
戴上面具，进入角色，无从考证的历史故事
找块空场地就是舞台
不用化妆

关索戏，顾名思义，以关羽的三公子命名
与三国有关，刘备依然最后一个登场
关羽、张飞、赵云、马超、黄忠
激情一生，悲情谢幕

村里的老人带着小板凳，小孩东跑西窜
戏中的人物驱邪逐疫，报仇雪耻
满足了人的心理需求
喝彩、鼓掌，吆喝着孩子
全剧终

所有的服装、面具、兵器，放回灵峰寺
英雄豪杰、奸臣倭寇，挤在一间房子里

烧香的继续烧香，纳鞋底的继续纳鞋底
唱戏的人忙粮食去了

2021.4.14

阳宗海飞虎队旧址

历史还没有走远，又回来了
时间把青砖和白瓦一块一块地拆除
海风和阳光仍然坚持日出而作
日落而息；牛、羊和草垛
借住在人类的房子里

岁月神偷，已经找不到任何细节
写在天空的传说
没有文字的语言
我抚摸到脱落的青砖上
有放牛娃用石头刻画的字
瓦片与瓦片之间正在生长应季的野草
树从墙缝中钻出来
从牛羊身体中特有的味道判断
历史走开的时间并不是太长

原来以为那些栋梁是不朽的
被放牛的人或者羊倌用石头砸开
生火做饭，烤火取暖
还有一些也应该不朽
那些拆除的毫无痕迹的紫檀木床

不远处的两棵老树
应该比这段历史更长一些
被雷劈开过的往事
是有因果的
失去框架的门窗神情忧伤地遥望着海
屋檐下的鸟巢已经是废墟

每一片云是完整的
风像一只长了翅膀的老虎
飞来飞去

2021.4.15

旱

下山的时候，离海更近
好像一个人谦卑的时候，更加包容
一场雨一直在空中挂着
天下是天下人的天下，雨不想介入

经过一片竹林
发现竹子开花
那是不好的征兆，干旱已久

近在咫尺的海
什么时候变成了不如近邻的远亲
甚至没有给予充分的湿度
养活人类

一条船在海上漂泊
这是不喝水的精灵
一直被水拴着

一半是海水，一半是火焰
这句话很适合这个季节
山前古驿站的草棚下
依然有人一边泡茶
一边享受海风荡漾

经过一片竹林之后
就再也没有什么遮阳的了
而那些开花的竹子
也将在不久之后与土地告别
成为栅栏或柴火
一口视而不见的水井
已经养不活自己
海岸线一退再退

2021.4.16

入海记

点燃一盏灯，半举在额头的上方
做自己的夜空

做天边最矮的一颗星星

离大海最近的一颗星星
人轻言微
在去往海边的路上，一晃就老了

有一幢房子，是空的
据说是关押俘虏的地方
现在我被俘虏了
一条小船泊在屋后隐蔽的水柳中
规划好了逃跑的路线

房子一旦拆除了门框
至少表面上获得自由
借一步的台阶失去青砖
没有了秩序
房屋四周种满蔬菜，茴香和薄荷
原来，灯是来照耀另外一个世界的
生物
细小的茎叶和昆虫翅膀扇动的声音
我体内的悲悯在黑暗中容易泄露

灯的燃料有限
海潮在回来的路上
今夜我只借半宿
还得摸黑回去

2021.4.17

滇牡丹赋

南边的云下，滇牡丹低调，谦卑地
平视众生，不露山水
风翻动着种子
荒凉之上怀抱一份边缘的寂静
这是和中原牡丹霸气地昂首怒放
不同的地方

一望无边的红土地上
滇牡丹略带大山的野性
都是云南王的
是滇国、南诏国、大理国的
一朵滇牡丹，半部云南史

四季独立，迷人的花语
面对赞美，滇牡丹说
很不好意思。像一位涉世未深的小女孩
害羞到极点，矮小，低着头

滇牡丹的爱情一半驮在马背上
盐是驮在马背上的另一半
袅袅清香是茶马古道上相思的绕指柔

滇牡丹一活千里
像大地上的云朵

2021.4.18

汤池老街采风记

汤池老街的石板像老了的牙齿
没了，现在的水泥路年轻许多
一位九十三岁的老太太，坐在
门槛外的台阶上，一针一线地纳鞋底
把日子绣成汤池山上的杜鹃花

隔壁的杂货铺
锅碗瓢盆，柴米油盐酱醋茶
未来的生活等在这儿
都是一些很现实的事
五颜六色的布匹，扯布的案板上
一把岁月啃过的木尺
一把算盘掉了几颗拨不到位的珠子
蜂窝煤炉，火钳、铲子
几度复活的农村合作社时代

再往前走，一家陈旧的四合院
一个年轻人正低着头玩手机
晒衣裳的脸盆还拿在手上
举目皆是明清的木榫结构
甚至更加遥远的图案
从二楼的窗口往外看，满院子的事
尽收眼底。历史的碎片在这里还原
据说这里是过去的大小姐
出嫁前待字闺中的地方

汤池街的顶头是唱关公戏的台子
听说戏班子还在，好久不唱戏了
没有什么大事。旁边的台阶
有人上，有人下，由此经过

2021.4.19

火山岩石上的万福寺

火山把石头烧融了
冷静下来，还是石头
万福寺坐落在火山岩石上
火山睡了
这里的神叫土主
把土主供在中间
菩萨在两边
家家都有一本难念的经
自己家的经自己念
神奇的是开了眼界的人
可以看见一万尊佛
我从右门进入
从左门出来
中门是为出家人开的
叫空门
我无法遁入空门
倒是经常临时抱佛脚

万福寺是这一带风水最好的地方
主持泡的茶有仙气
我抿一口，沾一点
门口的泉水有灵气
我掬起，再沾一点
土主显灵，说好三月三再见

2021.4.19

阳宗海站

山中，阳宗海村的一个五等站
法国人遗留的一座米轨火车站
砸了，有几张百年前的黑白照片

后来的火车站是土坯垒的黄房子
塌了，石灰抹的黄房子也失去了门窗
到处是荒草，墙头有三个繁写的字
阳宗海

百年前的钢枕废弃一旁，堆放几十年
也不愿锈坏，扳道岔的拆了
岔道轨在杂草丛中，已经不准备改道

放牛的老汉抱着一根竹枝，叼着烟
在铁轨中踩着一根一根的枕木
路基上有牛粪，附近有牛啃过的嫩草

一群不速之客，来这里寻找历史
护路的墙是一张百年布景，长满青苔
导流的墙孔有水滴，不紧不慢地流了
一百多年

2021.4.20

洞经音乐

说是乐队，平均年龄七十有余
吹、拉、弹、打
像每个人不同的人生

我第一次闻，铜钵磬、寺庙悬鼓
寺庙铜钟、寺庙云磬、寺庙大鼓
和而不同

第一次睹，金钟、玉磬、方响
不鸣自威。找到方响这个词根
来自南朝梁，隋唐燕乐

我尊称这些演绎者，朴拙抱素的人籁
又独为地籁，有原始的道家天籁之音
风打开大地之门，流水行云

操持板鼓木鱼的司鼓，指挥乐队
一曲《将军令》，白云在天上留步

又一曲《得胜令》，山下阳宗海荡漾

吹埙的是一位放羊的老人
山坡上有他的羊，像一位时间老人
与众生神，不知疲倦地赶着岁月

2021.4.22

在彝族村寨

沿着山路往前走，坡上坡下
是彝人世代居住的土坯房子
像一个又一个彝语中的单词
戴黑色包头的小个子阿妈
从山里回来
砍柴的刀隐喻在腰背上
一手拖着一根粗大的竹竿
历史遗留下来的一个活字

那些木楔是不是楔形文字
生在墙壁上；墙头高高大大的木架
挂着不同的季节；黑洞般的窗口
有古老的厚实，深不可测
传说中的祖训是坚决不下山
满山的风，满地的太阳
充满异界语言

中午去当地人家吃饭，矮桌，小板凳
山里人少，都来了，坐满三桌人
彼此客气、尊重
每个人身上都有一种不同的彝人饰品
满桌子山里的野菜，叫不出名字

当地人拎着银色的酒壶
与每个人碰杯，山里的高粱
酿的山里的泉水
彝族女人载歌载舞，欢迎远方的客人
带队的大学生村官是一位湖南妹子
追求爱情，已经与彝族人结婚，生儿育女
讲着一口彝族人的方言，大口吃肉

我不小心把酒洒在桌子上
用食指从黑黑的桌面粘起来
放在口里吮吸一下
这个细节好过任何一次虚构
被当地人要求盟誓为友

2021.4.23

滇越铁路风景

我想象，这里有月台，有候车室
有一条或者两条长长的椅子
分辨不出底色，或者干脆是

原木的，已经被时间漆黑
可是，这一切出家去了山里
只剩下一堆搬不动的虚无

我甚至想象，一位年轻的妇女
背篓里驮着婴儿，正在哭泣
妻子等着丈夫，婴儿等着父亲
远征归来。没有
只有一棵松树在这里，两只松鼠
各自抱着一颗松子

我想象中的扳道岔的铁路工人
使用信号旗的语言，甚至俯身倾听
响墩发出的声音，判断火车的远近
饭盒里是从家里带来的饭菜
放在有铁皮烟囱的火炉上预热
饭盒和盒盖之间插着一只铮亮的调羹
一个小男孩蹲在墙角
一双贫瘠的大眼睛
抓着衣角，流着口水
想起家里火塘旁烤的洋芋
这里比我想象中的晚清更加老朽
一群蚂蚁拖着米粒大小的朽木
应该是去山里埋掉

我离开滇越铁路是昼夜交替的时间
这也是铁路上的一种信号

根据日出和日落判断火车抵达时刻
我的想象中应该还有一些反复的纠结
最后一班小火车，吐着白气
哐啷哐啷的画外音，转一个大弯
信号灯从黄色变成绿色
一趟来自昆明的列车，从山的身体里出来
一群山在喊夕阳回家

2021.4.23

告别辞

始终没有拈起阳宗海的蓝，太柔太滑
没有印象中的独木船，孤独的白鹭
呱呱两声，飞落到附近的湿地去了
那些被人类侵略的海域，渐渐收复
几块原始的礁石，年轻的惊涛骇浪
无法想象，茴香如何和海在一起
蓬勃生长，一小块薄荷地认真地
等待人类掐去绿叶
贴海而生

水柳本来是一个大家族，散落在
海边。等上一天，可以看海上日出
日落，星星和清风明月
海的尽头是草海，婀娜多姿的海草
守海的人泡一壶普洱茶，轻轻一摇

可以听见远古的声音

古茶树在海水中沉寂，阳光很透明

沏茶的女孩扎着一块蓝色的布兜

不紧不慢地面对安静的海

海是万物的归宿。海边有温泉

是我借宿的地方，墙外有一棵槐树

开满白色的花，淡香

落在院子里的汤池中

池边的竹篮里有新鲜的玫瑰花瓣

自己撒一把

不远处，高原上的海组织一万朵浪花

与我告辞

2021.4.24

兴盛路

一条上坡的路，也是下坡的路
路两旁一家挨着一家
雨篷一块挤着一块
每间铺面都是卖酒瓶的
每个酒瓶藏着设计师的灵魂

许多的瓶子住在橱窗里
红的、黑的、蓝的、黄的
纯净脱俗的莫兰迪色
行云流水，流线是致命的
等着一双又一双挑剔的眼睛
今年的审美观捉摸不透
还有两家是卖瓶盖的
木质的、陶瓷的、铁的、玻璃的
历史在瓶口反复旋转

2021.6.1

一只蜗牛

出生以后
蜗牛便开始垂涎
即使在刀刃上，也不会受到伤害
垂涎是一条以柔克刚的路
战胜诸多天敌

一只六年的蜗牛
相当于人的耄耋之年

六七月份，蜗牛往半截灌木上爬
这是最高的地方
倒挂在树干上
让垂涎流尽
结束一生

2021.6.6

针线盒和木尺

针线盒是母亲的玩具
木尺是母亲和我之间的暗号
母亲干针线活的时候
像水滴石穿，坚韧、安静
右手的食指和大拇指
张开虎口，旋转三次，正好一尺
给一家人的生活量体裁衣

日子就像四个眼子的黑纽扣
被母亲钉得紧巴巴的
即使这样，我也经常弄掉胸前的
那粒扣子，母亲从针线盒里
翻出一粒相似的给我钉上
用牙齿咬断线脚

记得停电的时候
母亲倒一小口菜油在碟子里
从针线盒里摸出一根针
把针眼上挂着的一截白线搓成捻子
为我点一盏油灯读书
灯暗的时候，用针尖挑一下捻子
那是最奢侈的时光，我和母亲的影子
在灯火中晃了一下

针线盒是母亲一辈子的玩具

一把木尺是母亲留给我深深的记忆

当母亲放下手上的针线活

拿起木尺，一定是我挨打的日子

这是我和母亲之间的

默契

2021.6.8

被迫营业

人们找不到我的时候
我在一家咖啡店的窗下
找不到我正坐在怀旧的留声机旁
等一杯现磨的拿铁，少放点糖
我依然习惯原味
要了一粒咖啡豆，搁在老木桌上
反复用手心搓揉
盯着阳光移动的影子发呆

小镇上的铺面一块一块地打开木板
早早地期待客人
只有这一家午后才懒散地在栅栏上
挂出一块木牌
“被迫营业”，这是店名
斜阳投放在一大堆汽水瓶上

咖啡店里只有我和侍者
侍者十分年轻，像我女儿一样的年龄
我像父亲一样怜悯地望了一眼
直到黄昏，只有我和侍者
我想起女儿。一把小勺子
已经把一杯咖啡舀去一半

2021.6.10

赤水河

天上来水，纯净是一种生命的态度
紫砂页岩百密一疏，渗透与过滤
上游流传下来的密宗，溶解的红土层
在河谷中，如叩首的红袍

被人类逼迫出家的飞禽和鱼种
纷纷还俗，逃上岸的石头等来汛期
沉舟的背景是桃花源，一阵风紧
落花随流水，背篼的女人
到河边清洗桃红李瘦
赤水拍打，有上岸的愿望

凡人的肉眼看不见微生物的纯粹
大多数的水随波逐流
这里的人说，从前这条河上有纤夫
纤夫拉走了从前的河流

既然水从天上来，天之骄子
这里人习惯把挂着红缨子的叫小高粱
说是赤河水养兵千日
漫山遍野，屯扎在河边的镇子里
祭水的人跪拜在河边
端午，木屋里冒出一阵又一阵的
仙气

2021.6.12

从南到北

一株小草追随风，从南到北
终于实现抵达草原的梦想

一位老汉，坐在路边，从布袋里
抠起烟叶子，填在铜嘴中
哆哆嗦嗦，烟枪反复对准打火机
点燃烟叶子
抽一口，腮帮子紧缩，啧啧啧啧
然后放松，吐出来的烟雾
和敲落在台阶上的烟火，随风
从南到北。老汉抵达梦幻般仙境

季节也是这样，影子从长到短
回归的雁子一直练习写字
没有留下痕迹，声音从南到北

背井离乡的水，从南到北

远方的巷子悠长
只有巷子口的一盏灯，天黑以后
从南到北的微光，守候夜归人

从南到北的天空抱起从南到北的大地
空气从南到北地迁徙

2021.6.15

水曲

我坐在水流过的地方
水已经化身为石头，草和泥土
还有石头上鱼的化石
草丛中蚯蚓的木乃伊
泥土里水鸟的指模
我坐在一座河流的博物馆里

这条河的水位线曾经在半山的岩石上
有撑船时竹竿戳过的痕迹
这些水到远方去了
船也去了，撑船的人也去了

眼前的涓涓流水，细腻，清澈
沙石冲积的滩涂一尘不染
在这深山的河谷，我与水鸟
分享江山

水和石头已经战争了几千年
不分胜负
我把着腕上的脉搏
有如把着一股清流
越来越瘦
越来越薄

2021.6.16

飞行

从天空俯瞰人间是空洞的
茫茫黑夜，一架飞机正在穿越面对黑洞
飞机是一粒长在黑夜中的雀斑

着陆
流汗的空气
给黑夜传染上一些银屑
眼睛是人间的空洞
拎着行李的人，像一个一个的问号钻进黑洞

2021.6.17

老木匠

天蒙蒙亮，万籁俱寂
早上的云凉快，大柳树摇着风
远处传来古老的原音
咚咚咚咚，那是老木匠在修船
锤炼快失传的文字

把船翻个底朝天
架在两把木椅子上，一颗一颗地
敲打船钉，把朽木一坨一坨地
抠出来
再把铁梨木天衣无缝地接上去

现在捕鱼的船少了，活不多
老木匠干活慢了，干一会儿
呆呆地看着船，有时候锤子悬在半空
回想从前和船说过的话
对那些补了又补的地方，说一声
惭愧

2021.6.19

我认真处理与每颗星星的关系

一直处理不好与这个世界的关系
经常去人烟稀少的地方
在青海湖驾驭群山追逐太阳
在那曲推窗看见雪山压顶

那年过六盘山遇上大雨
山上大雾，伸手不见五指
山顶有大雪
在变幻莫测的山里
孤独无助，绝望地哭泣
锁定车门，与世隔绝
本来荒无人烟
一两声兽鸣，三两次黑影
从车前窜过
吓出一身冷汗

世界一直很安静
我看不清眼前的事物

漫无目的，天高云淡路远
看见那些比泪流还小的水源
空荡荡的远山，大风
刮不走天路上迁徙的蚂蚁

月照山影

我认真处理与每颗星星的关系

2021.6.25

过丁香花园

丁香花园里极品的洋房，传说
1号楼，除了住过李鸿章，还住过
一位叫丁香的女士。四周种满丁香
藤蔓所到之处，已经是一座花园
丁香有洁癖，这是，上海保存的
最好的洋房，真的是为这位女士
而造的吗？

紫色的丁香，纤小文弱，欲尽未放
隐喻什么呢？宋代王十朋说丁香
“结愁千绪，似忆江南主”
丁香含苞时喜欢打结，等待一场夏雨

洋房的红墙仍然像红鼻子一样傲慢
路过丁香花园，天色已晚
几朵翻出墙的丁香
一些花瓣落在花岗岩的路上
一段岁月静好的往事

2021.6.26

忧郁的雨季

雨季来了，推开栅栏门的时候
水会惊落；缝隙间的杂草顶着露珠
担心太阳伞遮住植物的阳光
一直没有撑起；四把椅子上
坐着落英和凋零的阔叶
下一个事物到来之前，空气疲惫
花香使人听见植物的呼吸声

石径浸湿在梅雨中
青苔和脚步小心翼翼地沟通
走慢一点。左手边的小舢板
悬空，载满雨水，船主找一把勺子
把水一下一下地舀出
哗啦哗啦，院子里只有泼水的声音
小部分花草，生于春，卒于夏
经不起连续的雨

天色阴郁，细细长长的雨
不影响白兰花含苞，开过的花瓣
散落在地上，淡淡的清香
每一件事物的生命周期，那么短
忧伤会长成什么样子
墙角的蜘蛛织了一张网
有的地方被雨水打破

还挂着三两点雨滴，一只蜘蛛

盘着，与雨滴对视

2021.06.27

在米拉山口

风马旗在天上
地上到处是写满经文的隆达纸
随风吟诵。我在四川人开的小餐馆
一边吃海椒面
一边看对面常年积雪的冰川
色季拉山和南迦巴瓦峰
雅鲁藏布江河谷和喜马拉雅山东端
念青唐古拉……开餐馆的老板
吸了两口鼻烟，拉着家常把这些名胜
讲完，正好绕他家一转
他抹了一把鼻烟沾在胡须上的白灰
说，屋后的雅鲁藏布江声音大，吵人
这里的人不吃鱼
因为至今还流传着水祭
我把碗底的最后一口汤喝了
转山的路上一直没有地方吃东西

2021.6.29

小镇数月

在小镇上生活了一段时间
路过几回专门剃光头的理发店
门关了。说是年迈的剃头匠走了
时光经不起推敲啊
我去问过，隔壁的铁匠说
把老汉忘了，你 —— 一个过路的人
还记得

我在这小镇上只和三个人聊得来
河边修船的木匠，下塘街剃头的老汉
和隔壁的铁匠

我请木匠打了一只小舢板
我说过，夏天来剃一次光头
落空了
我刚才预订了 —— 一只铁皮壶
铁匠好像咳嗽越来越急促

铁皮壶也是象征性地搁在小舢板上
开门的时候，风吹过来
一晃一晃的铁皮壶
我下意识地摸了一下头皮

2021.6.30

色

在藤黄和花青的细腻与缠绵中
我画了一片卧在池塘中的荷叶
把一滴雨水画在荷叶上
一滴时间软化下来

一滴雨太苍凉，点一笔钛白绰绰有余

经过多少时间，染过乌云
和黑夜，这滴雨水住在荷叶上
只有黑色会有这么丰富的经历
最难的是画出雨滴的这一部分
时间在黑白之间，浸淫一滴雨

我取了夜空的深蓝色和土地下的
深褐色，揉出黑色
描在钛白的四周。呵呵，一滴时间
立即挂在荷叶上
我调整了两种颜色的比例
偏向冷色调
仍然不甚满意。这么呆板的黑白
与晶莹剔透的雨滴相距甚远
时间也不是黑白那么简单

这是缺少光造成的漆黑的夜晚

我需要所有的色光被吸收造成的黑色
寻找黑色瞳孔的感觉
反复调和三原色的比例
在一点钛白的四周轻描淡写
留给钛白薄薄的背影

我画的一滴雨水
沾了些微肉眼看不见的尘埃
和弯月在一滴雨水中磨刀霍霍

这滴时间愈发浑圆
蠢蠢欲动

2021.7.2

村边的小学

一年一度的耕耘，田间许多白鹭
不远处，乡村小学毕业班的孩子
把田字格的作业本和谷堆一样的书包
抛向天空，像白鹭的翅膀
一位老农走在田埂上，拎着一顶草帽
赤着脚，挽起裤腿，一边高，一边低
这是一位乡村教师
他弯腰的样子，像是拾起一本
学生掉在地上的课本

三两只黑白相间的喜鹊
戴着博士帽，也回来了

一群麻雀在周围叽叽喳喳地叫
加入V田字格中，又迅速逃出来
这是一群围观的低年级学生

几个抓蚂蚱、捉蜻蜓的小朋友
一只练习飞翔的小鸟到处扑腾

水田耕耘以后，泥土需要歇一阵子
再撒谷种
孩子们放暑假了
村边的小学没有门，没有院墙

和田里的风是通的

没有上课的铃声，风也不慌

云都开了

2021.7.4

电闪雷鸣之夜

一些善良的提醒，今夜有雷阵雨
经历多了，不太在乎
甚至窗帘大开，窗虚掩

雷阵雨，凌晨以后还没有来
我抱书而卧
灯大开，半边床
已经放松了对雷阵雨的警惕
和好奇

朦胧中，我抓了一下手臂
应该是隐藏在房子里的比蚊子更小的
虫

咔嚓轰隆，这是一种炸雷
在我的深度睡眠中，身体彻底放松
我似醒非醒地
听见闪电敲了一下玻璃，又迅速隐去

此后
雨水重重地抽打在墙和玻璃窗上
大概是我太不在乎的原因
雷电转移到另一个方位虚张声势

起身、披衣

黑夜和我一窗之隔

与雨对视

悲悯向下

一场雷阵雨

让我的夜晚短了许多

仿佛是多余出来的一段时光

没有比这更值得在乎的了

2021.7.6

陕北地

陕北地，正午，界碑的影子
和我的影子，共同一个方向
枣树的影子也是这个方向

时针的方向下午三点

玉米地有凉风
南瓜顶着一把黄色的花伞
扁豆角戴一顶紫色的帽子

瓦块云正从黄陵那边赶来
那里有一片树林
还有一个人
那边风调雨顺

陕北地，善解人意的羊肠小道
沿途一粒一粒的羊粪
我到了陕北以北

2021.7.19

无用之美

那些落在山里的阔叶，没有声音
开在谷底的花，招蜂引蝶

2017 年冬，我在长白山北坡
踩着一尺半厚的雪，抬头看见
一只猫头鹰
与我相视

美啊！

2018 年的冬天，在北京竹园
一棵柿子树梢
吊着几个柿子
一群乌鸦盘旋

从南方回来的
都说是故国

这些美啊！

我的父亲离开我许多年
总是拿月球当膏药

贴在我头疼的地方

我爱这些无用之美

2021.7.22

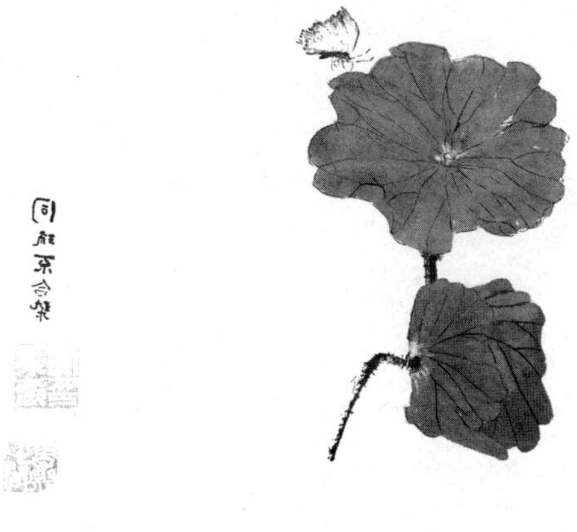

天空的门

黑云压城，一只鸟找不到回家的路

我站在阿克苏路 1187 号十九楼
1916 房
不知所措

一只蚊子趴在墙上，一动不动
与墙角的蜘蛛相安无事

世界与世界，一墙之隔
所有的生命都是邻居

对面商场楼顶上的最后一个车位
停进了一辆黑色轿车
下车的人撑起一把黑伞
去接坐在副驾的人

再多的细节凭肉眼看不见

一个塑料袋飞起来了
戴在风的脑袋上
一片巴掌大的树叶正在拍打天空的门

2021.7.25

不要遮挡这朵花吧

一个人在隧道口叫另一个人的名字

一位母亲在叫儿子的乳名
她担心与别人家的孩子的名字混淆

雨水编织的天堂
一位女子对着天空喊丈夫的名字
喊一声，天地动一下

风，一遍又一遍地背诵这个名字
雨，把这个名字写在空中
在无处躲避的人间
上帝收留了母亲的儿子
妻子的丈夫
儿子的父亲

已经是第七天
请允许把一朵花
朝着那一辆弓着背浮动在水面的车顶
做个回家的记号
不要遮挡这朵花吧

2021.7.27

宜兴紫砂壶

很多事情，埋藏在时间里
比如，宜兴的紫砂，几千年后
每一位工匠说
最好的一把壶还在土里

工匠知道我从洞庭湖来，送我一把壶
上面的芦苇有北风的样子
有我的故乡洞庭湖芦花的雪影

工匠说，现在湿气太重，壶不好做

紫砂把历史天衣无缝地合起来
每一把壶都是虚空的

2021.7.28

有时候，我去看日落

年轻时去庐山看过一次日出
之后去黄山、泰山、华山
没有看日出，没有了年轻时凌晨起来
看日出的冲动
这些年，倒是经常在下班的路上
从反光镜中，看日落
在荷塘边、田埂上，有时在小河
尽头，看日落
好几次，我开着车，追赶日落
追啊追啊！一根电线杆，两根电线
几只麻雀站在电线上
太阳落在房顶的后面
有意无意之间，我经常追着落日
没有事的时候，我爬上附近的古窑顶
身边开满四季的花和寂寞的草
我和花草一起看日落
还有一条古运河缓缓经过
落日有时在前边的树林里
有时落在运河中
和流水一起走了

2021.7.29

工作室

墙很干净，墙上的影子很多
空气中有回音
这些来过的人，对这间房子
影响深刻

这是一间空房子，时间是虚设的

墙角的蜘蛛饥饿了很久
窗外的天空上有一朵云是病句

拖把、扫帚、涂料、毛刷和我
开始入场。历史的毛坯
已经刮了很厚一层水泥
我只是做一些简单的努力
刷白

我找来一堆穿过的旧衣裳
铺在墙下，与我一起并肩作战
涂料会创造新的历史
撒落的故事和旧衣裳一起扔掉

墙上没有影子
门窗关闭久了，空气确实有些压抑
我举起一把刷子，蘸上涂料

刷墙。反反复复
这种古老的办法可以使过往
雪白起来

我首先是把蜘蛛迁徙到另一个地方
对不起！你自己去搭一间房子吧

2021.8.3